U0604015

T.S. 艾略特，詹姆斯·麦克马伦（James McMullan）绘

Helen Gardner

The Art of T.S.Eliot

T.S.艾略特 的
艺术

（英）海伦·加德纳 著

李小均 译

广西师范大学出版社
· 桂林 ·

献给简·朗

To

Jane Lang

前　言

　　本书源于一九四二年夏首发于《新写作与日光》的一篇文章《艾略特最近的诗歌》。该文经过修订和扩充,包含了发表于一九四六年第二十九期《企鹅新写作》中的论《小吉丁》的文章(这篇论文一九四七年被收入拉赞先生编辑的一本多人合作的论文集《T. S. 艾略特:作品研究》)。感谢以下的编辑和出版社允许我在本书第二章和第七章使用我先前发表文章的部分内容:约翰·雷曼先生、拉赞先生、霍加斯出版社、企鹅出版社、邓尼斯-多布森出版社。

　　本书更直接的源头是一九四八年春在牛津大学开设的系列讲座短课。为了这门课和写作此书，我尽量不再重读任何艾略特的批评家的文字，但显而易见，即便没有给出确切的参考说明，我在过去阅读他们的过程中也受益良多。在此，我想一并向他们致谢（尤其是马蒂森教授和利维斯博士），多年前，他们帮助我更好地理解艾略特的作品。我希望他们会接受我这种一并致谢的方式，原谅我没有逐一说明与他们观点的异同。当然，最需要感谢的批评家是艾略特本人，我大量吸取了他的批评文字来阐释他的诗歌，即便在一些地方，我没有直接引用他，但萦绕于笔端的依然是他。感谢艾略特和费伯出版社允许引用其诗文。

　　感谢詹妮特·斯彭思博士的激励，感谢伯明翰大学的邓肯-琼斯女士多年来与我的讨论，特别是帮助我理解《灰星期三》。最值得我感恩的是约翰·海伍德先生，他最先建议我写此书。事无巨细，他总是慷慨支持。

海伦·加德纳
牛津大学圣希尔达学院

第六印序

本书初版刊行于一九四九年，距今已近二十年。初版刚面世，当年的爱丁堡戏剧节就上演了艾略特的《鸡尾酒会》。此后，艾略特又发表了两部戏剧。然而，在历次重印中，我没有想要补充章节，讨论这些新作。即便是现在，在艾略特的创作生涯结束之后，我仍然不想增加篇幅，涉猎艾略特在《四个四重奏》之后的作品。本书旨在研究《四个四重奏》，因此结构上，以之开始，以之结束。书中讨论艾略特在《四个四重奏》之前的诗歌和戏剧，其用意也在于分析它们如何催生出《四个四重奏》。作为一部批评著作，本书有趣之处，很大程度也源于这种圆形结构。本书并非想全面客观考察艾略特的全部作品，因此，若再增补章节或附录，讨论《四个四重奏》之后的戏剧，恐会破坏本书结构。

本书完稿之后，艾略特研究领域又出版了大量的书籍和文章。若我今日再重写一部关于艾略特的书，我定会吸收它们的营养。我曾考虑过是否该尽力重订此书，但我最终决定，最好还是保留其本来面目。若我今日重写，那将是另一本书。本书其实是一种尝试，对我自己，我认为也是对我同时代的许多人，解释二战期间最重要的文学经验。我宁愿它保持原样，也不愿用增订的方式来模糊那种经验对昔日之我的影响。

在一九六〇年的第五印中，我很高兴借机修订了第四十六页的一个事实错误。我在文中写道，《燃毁的诺顿》最初刊行时，"曾经宣布这是一系列四个四重奏的开端"。这种说法不确。我只能猜测，我记忆中是否搞混了《四个四重奏》（1946）和《艾略特诗集》（1936）的前期宣传。对于未能核对事实，我深表歉意。

关于《四个四重奏》的创作过程，艾略特在接受约翰·雷曼的采访时谈过(参见《纽约时报书评》,1953年11月29日),在接受我的访谈时,艾略特做过重述(参见《星期日泰晤士报》,1958年9月21日)。艾略特在访谈中说,《燃毁的诺顿》取自《大教堂凶杀案》的"一点儿余料",他觉得"浪费了太可惜",于是就把这"一点儿余料"和《爱丽丝漫游奇境记》的开头以及一个周日去燃毁的诺顿的一处花园闲观"搅拌在一起"。写完这首诗后,艾略特专心于创作《家庭团聚》,他原本想接着再写一部戏剧,恰逢战争爆发,剧院纷纷关门,伦敦时局不定,看起来再创作戏剧已无意义,因此,艾略特"想按照《燃毁的诺顿》的氛围和风格再写一首诗歌,只不过换个地方"。在他创作第二首四重奏《东库克》时,艾略特才意识到,他总共会创作四首四重奏。

海·加

牛津,1968 年

目 录

一　听觉想象力

> 我敢于把他作为诗歌巨子和艺
> 术宗匠推荐给所有认识他的人。
>
> 纳什"论皮尔"

艾略特的第一部诗集出版于三十多年前,迄今他已奠定了自己的风格,并因这种风格受到击赏。他的诗歌不再是小圈子里热烈崇拜者的私藏,而是有"一大帮形形色色的读者"。正如他所言,诗人自然希望作品受人阅读。这些读者,虽对他思想和风格的难度时感困惑,这明显可见于他们争先恐后购买解读其诗歌的著作,但对他伟大的诗才深信无疑。他们真心想更加完整地理解他的言说,理解他言说的方式。诚然,年岁稍长的读者对他所谓的"晦涩"还有些恼怒,年岁更长的读者不出所料流露出反对他既定声望的迹象,但喜欢诗歌的年轻读者无疑都承认他是诗歌权威，承认其诗十分重要。

研究一个诗人的艺术，一般说来要从其写作生涯开端入手。但我打算另辟蹊径，从《四个四重奏》开始，最后再回到《四个四重奏》。安排这种结构的理由，一是马蒂森教授和利维斯博士等批评家已把艾略特前期诗歌研究很透，珠玉在前，毋庸赘言；二是艾略特深受读者喜爱，靠的是《四个四重奏》。这部作品主要是为大众读者而写，因此看起来最好是从大众读者开始接触到艾略特作品的时候入手。此外，我还有一个更重要的理由。我认为《四个四重奏》是艾略特的经典，相比于他前期诗歌，这部作品更为全面地包含了他作为诗人遇到特定问题时给出的诗学答案。他的问题部分源于他的气质，部分源于写作时代。因此，我首先将《四个四重奏》作为艺术作品进行分析，然后追踪艾略特的艺术发展脉络，旨在证明他所有作品具有根本统一性。这种批评方法的危险是我们会把他后期的诗歌"读入"前期的诗歌，像在暗示《四个四重奏》给我们的经验不同于《荒原》给我们的经验，他后来的经验在某种意义上否定了先前的经验。对此我只能说，我意识到了这种批评方法的危险,我也设法避免危险。我不想暗示,艾略特的前期诗歌表现力不足。在我看来,他在每个时期都充分挖掘了表现力。但在《四个四重奏》中,我们发现他更丰富多样的经验得到更丰富多样的呈现;情感内涵和表现手段远胜于前。他前期诗歌意象和风格中的气质缺陷得到克服;他借助形式的选择充分表现了主题,哪怕戏剧形式的选择还有所不足。《四个四重奏》本质上必须看成一首长诗。在这部作品里,艾略特的艺术似乎最为大胆自信。

　　《四个四重奏》是艾略特创作成熟期的作品。经过长期实验,他完成了诗歌革新,丰富了英国诗歌传统。百年后的诗人必然还会意识到他对英语的贡献。他们可能在延续他的写作方式,也可能反其道而行,但有一点可以肯定,他们会意识到艾略特是他们继承的诗歌遗产之一部分。艾略特的诗歌革新在时间的前后向度上都产生了效应。他的诗歌变成了英国文学传统的一部分,也在改造我们对于他之前诗歌的阅读经验。我们这些与他的诗歌一起成长起来的人发现,某种程度上我们是借助他的诗歌来阅读他之前的诗歌。他的诗歌影响了我们的品味和判断,唤醒了我们对可能忽视之物的反应,让我们的耳朵习惯了特定的诗歌效果和节奏。最重要的是,他的诗歌让我们对诗人语言更为警惕。通过革新我们时代的诗歌语言,艾略特革新了我们对于他之前诗人的诗歌语言的欣赏。他让我们意识到,我们经常使用而弄得麻木的语言还有许多潜力;他让我们意识到,习以为常的语言还有许多活力。

如果有两个诗人,我们称一位是大诗人,对另一位不以大诗人相称,哪怕可能认为他是很好的诗人,我认为这其中的区别,除了其他一些特定条件,是使用语言的问题。大诗人的作品必然成其为伟大;他必须尝试某种伟大的诗歌形式并取得成功,这是对他创造力的考验;他不能仅凭几首抒情诗就索要大诗人的桂冠,无论这几首抒情诗写得多好。他的主题必须具有公认的重要性,他必须用卓越的想象力来处理主题,也就是我们所谓的独创性;关于人类经验的重要部分,他必须有话可言。这些话既关乎个体的生命,也关乎人类的命运。我认为,这些才是衡量大诗人的真正标准。当然,我们也要承认,诗歌的长短或大小是相对概念,也要愿意接受诗歌新形式出现的可能。但是,大诗人脱颖而出,还有一个重要特征,就是其语言的特别力量,他对语词在声音和意义中的关联具有独特的感觉。这种天赋帮助他创造出具有个人特色的新词和节奏，最终成就经典。概言之，大诗人要开风气之先，影响后世。大诗人的作品不仅语言和节奏贴切，而且为所在时代和国度的语言和节奏注入活力，为诗歌的原料注入活力；他革新了诗歌语言，向同辈和后辈暗示了诗歌语言和诗歌表现力的潜能。正如艾略特引用马拉美的诗句，大诗人能够

　　　　净化部落的方言。①

　　我们只要想到同时代的两个重要诗人，如乔叟和兰格伦，就会明白这种区别。相比于兰格伦的严肃，乔叟或许不是太严肃的诗人。相比于兰格伦的真诚，乔叟的哀怨有时流于肤浅。相比于兰格伦对基督教的深

---

　　① 本书中艾略特的诗作都采用裘小龙译，《四个四重奏：艾略特诗选》，译林出版社，2017年。本书中艾略特的剧作都采用李文俊等译，《大教堂凶杀案》（艾略特文集·戏剧卷），上海译文出版社，2012年。个别译文有改动。在此一并向所涉译者和出版社致谢。（此类注释为译注，下同，不另标出——编者）

情,对尘世中蕴藏永恒的意识,乔叟的虔诚显得平淡。就反讽和幽默而言,两者可能旗鼓相当。即使兰格伦笔下没有千姿百态的人物,但我们可以说,他对人性的洞见弥补了人物匮乏的缺陷。如果我们只用想象力作为衡量诗人是否伟大的准则,可以说兰格伦更胜一筹。但乔叟"非凡的流畅",他融合意大利的高贵诗体和英语的语言节奏,创造出英诗中"英雄双韵"体的成就,他准确的旋律感,他诗节安排的技巧,他的词汇量,他用词上的审慎(日常用语和生僻字眼密切搭配),他诗歌中力与美的和谐,所有这些使他成为一个真正的大诗人,具有兰格伦相当欠缺的一个品质,即艾略特所谓的"听觉想象力"(auditory imagination)。

有些诗人想让诗歌语言贴近日常,有些诗人想为诗歌创造更精致的用词和不那么口语化的句法。我上面说的区别不同于这两类诗人的区别。听觉想象力可能在两方面都有体现。多恩天赋惊人,但他几乎完全没有听觉想象力。他是故意对语词的弦外之音麻木,正如他故意对观念和意象的联想迟钝;他的用词和意象,追求的不是那种关联。这不是他成为"世界上最好诗人"的原因。然而,斯宾塞总体说来会很平淡,一些长诗节中的用词完全不太出彩，但有时（甚至在如《祝婚曲》一样的整首诗歌中）展示出这种令人惊喜的功力，能够写出丰富多样的话语，通过语境赋予语词特殊的生命。如同乔叟，斯宾塞创造了一种新音乐。可以说，在多恩引领风潮的时代，斯宾塞的《牧人月历》才是冠冕。同样，正是依靠听觉想象力，德莱顿压倒了蒲柏，尽管在几乎其他一切方面，德莱顿都没有蒲柏愉快有趣。蒲柏的感受力好得多，人有趣得多，他的主题虽然明显有限，但本质上更永恒。德莱顿把人刻画成政治动物，蒲柏把人刻画成社会动物，对人心洞察更深，对人类命运反讽更多。然而，尽管蒲柏是伟大的诗人，但在语言上，他没有德莱顿的伟力和胆识，在诗体上，他也没有德莱顿老练。蒲柏的用词贴切，只是中规中矩；德莱顿的用词贴切，却出人意料。德莱顿像是在迫使语词为他的特定目的服务，但同时尊重语词的日常意义；他让话语的节奏服从格律，但同时让话语节奏在格律中一直保持活力和弹性。在语词的选择上，蒲柏强调精确雅致，少了创造和想象，他将所处时代的语言发挥到淋漓尽致，但与其说是拓展倒不如说是限制了诗歌的表现方式。相比之下，德莱顿大胆的用语总能出人意料，"先是让人猛然一惊，再一寻思，则令人叹服不已"。我们也可以说，正是依靠听觉想象力，莎士比亚才超越了其他的英国诗人。洛根·皮尔萨·史密斯认为，莎士比亚的语言"散发魔光"，全靠无与伦比的胆识和创新。莎士比亚在语词的汪洋中像埃及艳后的海豚一样悠游。

什么是"听觉想象力"？艾略特在文论中下过定义，也在诗歌里有过申述。他在《诗歌的用途》(1933)一文中定义如下：

> 听觉想象力是指这种对于音节和节奏的感觉，它能朝下穿透思想和情感的意识层面，使每个语词充满活力，它能沉入最原始、完全被遗忘之处，它能回到原初并把一些东西带回，它能追寻开端和终结。可以肯定的是，它通过意义（甚至包含寻常的那种意义）起作用，它能将过去被抹杀的意义、陈腐的意义、当下的意义、新奇的意义、最古老的意义和最现代的意义熔为一炉。

除了《干塞尔维其斯》，《四个四重奏》中每一首诗的最后乐章都是以对语词这个共同主题的沉思开头。

四个四重奏的氛围各不相同，表达共同主题的方式各不相同，所以在《燃毁的诺顿》《东库克》和《小吉丁》这三首诗中，探讨神秘语言的路径也各不相同。《燃毁的诺顿》是《四个四重奏》中最抽象、最有哲学味的一首诗，其路径是哲学之路，它对语词的本质进行了思考：

> 语词运动，音乐运动，
>
> 只在时间中，但那仅仅是活的
>
> 才仅仅能死。语词，在发言后进入
>
> 寂静。只有凭借着形式、图案，
>
> 语词和音乐才能达到
>
> 静止，就像一只静止的中国花瓶
>
> 永远在静止中运动。
>
> 不是小提琴的静止，音符依然袅袅，
>
> 不仅仅如此，而是共存，
>
> 或者说终结是在开始之前，
>
> 而终结和开始都一直存在，
>
> 在开始之前在终结之后，
>
> 一切始终都是现在。语词负荷，
>
> 在重压下断裂且常破碎，

在张力中滑脱、溜去、消失，

因不精确而腐败，不得其所，

无法静止不动。尖叫的嗓音

斥责、嘲笑、喋喋不休，

总在袭击语词。沙漠中的道

尤其遭受诱惑的声音攻击，

葬礼舞蹈中哭泣的影子，

安慰不了的吐火女怪大声悲啼。

Words move, music moves

Only in time; but that which is only living

Can only die. Words, after speech, reach

Into the silence. Only by the form, the pattern,

Can words or music reach

The stillness, as a Chinese jar still

Moves perpetually in its stillness.

Not the stillness of the violin, while the note lasts,

Not that only, but the co-existence,

Or say that the end precedes the beginning,

And the end and the beginning were always there

Before the beginning and after the end.

And all is always now. Words strain,

Crack and sometimes break, under the burden,
Under the tension, slip, slide, perish,
Decay with imprecision, will not stay in place,
Will not stay still. Shrieking voices
Scolding, mocking, or merely chattering,
Always assail them. The Word in the desert
Is most attacked by voices of temptation,
The crying shadow in the funeral dance,
The loudlament of the disconsolate chimera.

　　语词,如同音乐中的音符,只有在与其他语词产生关系时才有意义。语词在时间和用法中存在;由于语境和用法的改变,语词的生命是持续死亡的过程。但在一种格律中,在一首诗里,语词的生命得到近乎神奇的保留,成为一种真正的生命,超越了其在话语中的生命。正是在诗歌里,语词的生命才稳定。一个语词的生命不是囿于自己,而是在于诗里与其他语词的关系,反之亦然,其他语词的意义,也取决于它们与这个语词的关系。《东库克》是四个四重奏中氛围最悲伤、个人色彩最浓厚的一首诗。它探讨语言的神秘性,采取的是实用的路径;言说者是作为语词匠人的诗人,不是哲

人。最后一个乐章开头强调的是诗人必然的失败,强调的是我们此刻不利的条件:

> 因此这里就是我,在中间的路上,已有二十
>   年——
> 二十年时间大多浪费了,两次大战的年月——
> 试着学习运用词语,每一次尝试
> 都是全新的开端,一种不同种类的失败,
> 因为人只是学会了怎样掌握词语
> 来说再不要说的事,来获得
> 再不想说的方法。在那一堆乱麻般的
> 混乱感情中,差劲的工具不停
> 损坏,像冲动、缺乏纪律的士兵,
> 每次冒险是新的开端,是
> 对无法表达的状态的冲击。用力量
> 和让步去征服的东西,早已被人发现,
> 一次、两次,或许多次,被那些无法希望
> 与之竞争的发现者发现了——没有竞争可
>   言——
> 只有去收获已丧失的东西的战斗

一次次地找到而又丧失：此刻，似在不利的
条件下。

So here I am, in the middle way, having had
    twenty years —
Twenty years largely wasted, the years of *l'entre*
    deux guerres —
Trying to learn to use words, and every attempt
Is a wholly new start, and a different kind of failure
Because one has only learnt to get the better of words
For the thing one no longer has to say, or the way
    in which
 One is no longer disposed to say it. And so
    each venture
Is a new beginning, a raid on the inarticulate
With shabby equipment always deteriorating
In the general mess of imprecision of feeling,
Undisciplined squads of emotion. And what there
    is to conquer
By strength and submission, has already been dis-
    covered
Once or twice, or several times, by men whom
    one cannot hope
To emulate — but there is no competition —

There is only the fight to recover what has been lost
And found and lost again and again: and now,
    under conditions
That seem unpropitious.

我们时代充斥着没有消化的技术词语,不当隐喻丛生*,陈词滥调横行,这对于诗人来说,不可能是有利的条件。艾略特作为诗人的伟大之处,在于他接纳了所在时代的语言,用于诗歌创造性的转化。他是有意而为,因为他说过:

我相信任何一种语言——只要它还是原来的那种语言——都有它自己的规则和限制,有它自身允许的变化范围,并且对语言的节奏和声音的格式有它自身的要求。而语言总在变化着,它在词汇、句法、发音和音调上的发展——甚至,从长远

---

* 1948年,英国首相艾德礼决定立一千面广告牌,在上面劝勉国人:"只要再用百分之十的劲儿,就能扭转局势。"奇怪的是,似乎无人问他,是否听说过顽固拒绝变革的克努特。对于这种关于"目标"和"最高限度"的荒唐说法,公众习以为常,冷眼相待。

来看,它的退化——都必须为诗人所接受并加以充分利用。诗人反过来有特权帮助语言发展,维持语言表现广阔而微妙的感觉和情愫的品质和能力;他的任务是既要对变化做出反应并使人们对这种变化有所意识,又要反抗语言堕落到他所知的过去的标准以下。(《诗的音乐性》,1942)

《东库克》中诗人的成长被认为是永远超过他新发现的语言和节奏。他艺术的素材不稳定,要受制于情感的支配,他的情感抵制表达的束缚,或者说,由于情感的发展超越了表达的内容,表达因此不够充分。但在《小吉丁》中,在最后宁静而美丽的乐章中,诗歌中的语词,或创造一首诗歌的语词,其神秘的统一和谐,被认为是一个象征,更是另一种证明,象征或证明过去和未来编织进我们个人生活和历史中的意义这个过程。语词和时刻是理解意义的两个要点。诗歌之舞和生命之舞都服从同样的律法,揭示同样的真理:

> 我们称为的开始经常是结束,
>
> 做一次结束就是做一次开始。

结束是我们的出发之处。每一个正确的

片语和句子(那里每一个词都是恰到好处,

各就其位,更互相支撑,

既不晦涩,也不故作炫耀的词,

旧的和新的不费力气的交易,

普通的词,但精确,又无俗气,

正规的词,意义确凿,可不迂腐,

完完全全的伴侣舞在一起),

每个片语和句子是一个结束和开始,

每一首诗,一个墓志铭。任何一个行动

都是一步,走向断头台,走向火焰,走向海的

　喉咙

或走向一块无法辨认的石碑:那是我们的出

　发之处。

我们和正在死的人一起死去:

看,他们逝去,我们随他们而去。

我们和死了的一起诞生:

看,他们归来,他们带着我们。

玫瑰的时刻和杉树的时刻

同样的持久。一个没有历史的民族

无法从时间中得到拯救,因为历史是一个
无始无终之时的图案。

What we call the beginning is often the end

And to make an end is to make a beginning.

The end is where we start from. And every phrase

And sentence that is right(where every word is at
    home,

Taking its place to support the others,

The word neither diffident nor ostentatious,

An easy commerce of the old and the new,

The common word exact without vulgarity,

The formal word precise but not pedantic,

The complete consort dancing together)

Every phrase and every sentence is an end and a
    beginning,

Every poem an epitaph. And any action

Is a step to the block, to the fire, down the sea's
    throat

Or to an illegible stone: and that is where we
    start.

We die with the dying:

See, they depart, and we go with them.

We are born withthe dead:

See, they return, and bring us with them.
The moment of the rose and the moment of the
    yew-tree
Are of equal duration. A people without history
Is not redeemed from time, for history is a pattern
Of timeless moments.

这里,诗人必然的失败被视为他生存的真正境况;"与语词和意义难以忍受的搏斗"是一种探索,不断把我们带回到我们开始的地方,然后重新开始。括号中那几行诗歌,进一步解释了诗人对于什么是正确的片语或句子,暗示语词如何借助格律可能"抵达寂静"。它们本身就是精确的诗,是简洁的定义,回答了什么是"听觉想象力"。

　　第五乐章的这些段落,在整首诗歌的音乐中有着一席之地;单独来看,看不出是各就其位,因为它们有赖于前面的乐章。为了证明艾略特对语言的掌控,我们应该专门回头考察前面的乐章,在那里,艾略特表达了整首诗的其他部分建立其变奏的经验。因此,可以认为它们本身就各安其位。在用词、诗句长短的变换和节奏上,《干塞尔维其斯》的第一乐章都特别漂亮和大胆。它和任何篇幅相当的部分一样，能够展示艾略特诗歌的音乐性，能够为我们提供一个便利的出发点，捕捉其成熟风格的要素。

在用语上，《干塞尔维其斯》第一乐章的第一段体现了浪漫和平淡语词的混杂，但在结尾处，这两种风格让位于另一种话语风格：

> 关于众神，我知道得不多，但我认为那条河流
> 　是个强壮的、棕色的神——神情阴郁、桀骜
> 　　不羁，
> 耐心有限，起先作为新的领域被人认知；
> 作为商业的运输者，有用，却无法信赖；
> 接着只是作为桥梁的建造者面对的一个问题。
> 一旦问题解决，这棕色的神就几乎给城邦的
> 居住者们忘却——却始终未能驯服，
> 季节变换、脾气依然，毁灭者，人们想忘却的
> 一切的提醒者。机器的崇拜者们
> 拒不给他荣誉和献礼，但他等、看、等。
> 他的节奏在哺乳室里，
> 在四月庭院中有味的小乔木丛里，

在秋日餐桌上的葡萄气味里，

还在冬日煤气灯下的黄昏圈子里。

I do not know much about gods; but I think that
   the river

Is a strong brown god — sullen, untamed and
   intractable,

Patient to some degree, at first recognized as a
   frontier;

Useful, untrustworthy, as a conveyor of commerce;

Then only a problem confronting the builder of
   bridges.

The problem once solved, the brown god is almost
   forgotten

By the dwellers in cities — ever, however, implacable.

Keeping his seasons and rages, destroyer, reminder

Of what men choose to forget. Unhonoured, unp-
   ropitiated

By worshippers of the machine, but waiting, wat-
   ching and waiting.

His rhythm was present in the nursery bedroom,

In the rank ailanthus of the April dooryard,

In the smell of grapes on the autumn table,

And the evening circle in the winter gaslight.

开头一句的口吻是犹豫的，具有口语特色，大不同于《小吉丁》如下断言式的开头：

> 冬天一半时分的春天是自己的季节，
> 持久不变，近落日的一刻湿漉漉的。

> Midwinter spring is its own season
> Sempiternal though sodden towards sundown.

在《干塞尔维其斯》开头，艾略特把河流比喻成"强壮的、棕色的神"，他的口吻只是把这个比喻当成一个暗示，一个半开玩笑、半是认真地制造出的神话。在此，用来贴切描写一个自然神的言语，与用来表达事实看法的日常话语交替出现。开头是三个意义暧昧、充满感情色彩的形容词："神情忧郁、桀骜不羁，耐心有限"。接下来是两个完全不同的不带感情色彩的形容词："有用，却无法信赖"。中间穿插的偏正结构"作为商业的运输者"和"作为桥梁的建造者面对的一个问题"，与之形成鲜明对照的是随后出现的几行精彩诗句：

却始终未能驯服，
季节变换、脾气依旧，毁灭者，人们想忘却的
一切的提醒者。机器的崇拜者们
拒不给他荣誉和献礼。

Ever, however, implacable,
Keeping his seasons and rages, destroyer, reminder
Of what men choose to forget. Unhonoured, un-
propitiated.

语词中这些对照鲜明的要素，被共同的节奏融合在一起，因此，原本平淡无奇的日常话语"商业的运输者"和"桥梁的建造者"，在与古老的如同圣经中的习语"城邦的居住者"混在一起后，获得了在日常话语中没有的某种尊严。同样化腐朽为神奇的是接下来出现的"机器的崇拜者"，假如换一个地方，它不过是报刊上的陈词滥调，但在这里它全部的意义得以恢复。不同风格的语词呈现出两类人感觉的反差：一类人觉得受环境左右，对环境充满敬畏；另一类人是环境的主人，对环境的掌控了然于胸。但在这一段的结尾，一向放松的节

奏突然绷紧，变得坚定；崇拜自然神的原始人或解决现代问题的文明人使用的普遍和抽象的语词，让位于精确的意象："四月庭院中有味的小乔木<u>丛</u>""秋日餐桌上的葡萄气味"和"冬日煤气灯下的黄昏圈子"。这里的语词很精确，不受情绪感染，或者说缺乏情感色彩；它们限定了时刻。情感集中于短暂注意到的意象。某一株乔木，美语中自然而随意使用的"庭院"，老式的"煤气灯"，把诗人童年中的意象固定下来。在我们童年对季节变化的认识中，我们开始理解到时间在我们的脉搏中流逝。将河流想象成一个神在向他的时间告别，把河流反讽地看成文明可以随意使用或忽视的东西，这样的观念现在全都被抛弃。第一段的用词和节奏中，诗人从关于自然的观念，从沉思，转移到我们作为造物发现自己是自然秩序一部分的经验。原始人的神话与孩童本能的认知联系在一起；神话的核心中包含着真理。

在第二段开头，诗人转而谈论海洋，节奏继续保持坚定，但语言有了更大的力量。这明显见于强大的动词，其中两个动词被接下来重读的语词的押韵所强调。正是依靠这些动词，才表现出海洋多变的气氛：动词

"进入"形容海水的拍打,动词"抛起"描绘海水随意的力量,动词"让"展现海洋的宁静:

河在我们之中,海在我们的四周,

海是陆地的边缘,海水拍打

进入花岗岩中,海浪在沙滩抛起,

那些关于更古老的、其他造物的暗示:

海星、寄居蟹、鲸鱼的背脊骨;

在一摊摊水中,让我们好奇地

看到愈加精美的海藻和海葵。

海洋卷来我们的损失,撕碎的围网,

破龙虾篓,断裂的桨,还有

异国死者的索具。海洋有许多声音,

许多神和声音。

　　　　盐在多刺的玫瑰上,

雾在杉树里。

The river is within us, the sea is all about us;

The sea is the land's edge also, the granite

Into which it reaches, the beaches where it tosses

Its hints of earlier and other creation:

The starfish, the horseshoe crab, the whale's backbone;

The pools where it offers to our curiosity

The more delicate algae and the sea anemone.

It tosses up our losses, the torn seine,

The shattered lobsterpot, the broken oar

And the gear of foreign dead men. The sea has
   many voices,

Many gods and many voices.

                    The salt is on the briar rose,

The fog is in the fir trees.

这种描写多变海洋的笔力,来自用词的变化。为了达到精确,诗中包容了日常用语的"龙虾篓",技术性词汇"围网",植物学词汇"海藻"。原本神秘的一句"那些关于更古老的、其他造物的暗示",由于接下来罗列了海滩上发现的各种奇怪东西,变得精确而恐怖。"破龙虾篓"和"撕碎的围网",其细致的描绘与"异国死者的索具"中具有普遍意义的"索具"一词形成对比,后者有其难言的哀婉,与熟悉之物的破碎带来的哀婉不同。借助了味觉或嗅觉的两个意象"盐"和"雾",这个非常生动形象的部分最终回到神话的表达。这两个意象,触手可及，无所不在，挥之不去，无影无形，它们暗示了内陆感觉到海洋的神秘威胁。

回到神话和那两个难以捉摸的意象，为进入最后一段做好了铺垫。最后一段不是视觉而是听觉的效果。在这个乐章结束前，再无强力的动词出现。只是在其结尾处，那个早就做好了准备，也早在预料之中的唯一动词"敲响"，以及它所修饰的唯一对象"钟声"，抓住了我们的耳朵：

海的号叫，

海的叫喊，是经常一起听到的

不同声音；索具中的哀鸣，

海面上，碎去的波涛威逼和爱抚，

花岗岩牙齿中遥远的涛声，

还有来自临近的海岬的悲啼警告，

这些都是海洋的声音，归程中

呻吟的浮标，海鸥：

在沉闷的浓雾压抑下

钟声响亮

计算着不是我们时间的时间，为

慢慢的海底巨浪掠过,比天文钟时间

更古老的一个时间,比焦虑的

妇女们数着的时间更古老的一个时间,

她们睁眼躺卧,安排着未来,

试着去拆开、解开、分开,

又把过去和未来缀在一起,

在午夜和黎明中间,那一刻过去尽是欺骗,

未来没有未来,在晨钟前,

时间暂停,时间从不终结;

还有源自时间开端的海底巨浪,

敲响

钟声。

                    The sea howl

And the sea yelp, are different voices

Often together heard: the whine in the rigging,

The menace and caress of wave that breaks on
    water,

The distant rote in the granite teeth,

And the wailing warning from the approaching headland

Are all sea voices, and the heaving groaner

Rounded homewards, and the seagull:
And under the oppression of the silent fog
The tolling bell
Measures time not our time, rung by the unhurried
Ground swell, a time
Older than the time of chronometers, older
Than time counted by anxious worried women
Lying awake, calculating the future,
Trying to unweave, unwind, unravel
And piece together the past and the future,
Between midnight and dawn, when the past is all
   deception,
The future futureless, before the morning watch
When time stops and time is never ending;
And the ground swell, that is and was from the
   beginning,
Clangs
The bell.

海洋的"许多声音",如此微妙,但绝对可以辨别:海的
号叫,海的呼喊,"索具中的哀鸣","海面上碎去的波涛
威逼和爱抚",依靠经验的积累和有规则的节奏,几乎
让我们沉沉入睡,直到耳朵的期待接收到那最后声音

的冲击：

> 在沉闷的浓雾压抑下
> 钟声响亮

> And under the oppression of the silent fog
> The tolling bell.

节奏的突然终止带来了语调和用词的变化。开头段落中的对比再次出现。一方面，是这种辉煌的时间观念，这种时间不是我们的时间；"源自时间开端"，这一用于礼拜仪式的诗句赋予了这种时间以壮观和意义，其壮观和意义表现于最后那个不断回响的动词"敲响"之中。另一方面，是我们日常经验的时间，我们想用工具精确衡量的时间，我们想在心灵中理解的时间。那些普通而"焦虑的妇女们"，那些重复的动词"试着去拆开、解开、分开"——它们和接下来的一行"又把过去和未来缀在一起"，暗示了无休止的"缝缝补补"的过程——表现的是一种近乎苍白而绝望的徒劳。在下面几行诗句中，这种徒劳有了自己的壮观：

在午夜和黎明中间，那一刻过去尽是欺骗，

未来没有未来，在晨钟前，

时间暂停，时间从不终结。

Between midnight and dawn, when the past is all
    deception,
The future futureless, before the morning watch
When time stops and time is never ending.

"在晨钟前"，这几个字眼让我们的耳朵做好准备，倾听歌颂主的结语。它们是真正的交叉点，将渔人的钟声和赞美诗作者的颂声连在一起："我的灵魂朝主飞去：在晨钟前，我说，在晨钟前。"这个乐章最后以一种声音结束，打破了无眠之夜的孤独和岑寂。

如此分析一个乐章的语词，必然形同"肢解谋杀"，因为这个乐章的生命在其节奏，正是节奏将语词的不同要素统一在一起，创造出总的诗歌印象，统摄各诗行所产生的不同效果。借助灵活有力的诗体，用词的变化就有了可能，日常的、正式的、口语的、奇异的、精确的、暗示性的语词就有了熔为一炉的可能。灵活有力，正是《四个四重奏》诗体的特征。创造这种诗体，或许是艾略特最伟大的诗学成就。

从开始写诗之日，艾略特用语的丰富程度就很惊人。他对使用十分形象的语言有天赋。他总是意识到英语诗歌语言的丰富资源，喜欢将奇异的语词放在贴切的位置，或者出其不意地使用日常的语词或习语给我们带来突然的冲击。在他成熟时期的诗歌中，用词的进步就是朝更加自然方向的迈进："新旧语词更加灵活交往"；无论是大还是小的层面，都更加精通过渡，语词的变幻多姿"产生出的是愉悦而不是伤害"；更有能力利用明显具有诗意的语词和意象，而无生涩之感。在前期的诗歌中，艾略特对具有诗意联想的语词表现出某种反感，这暗示了他气质的局限，暗示了他对自己的诗艺还缺乏自信。避免使用明显具有诗意联想的语词，不是最有原创性的标志，不是真正大胆的艺术家的标志。艾略特诗风的转变开始于一九二五年的《空心人》。与此相连的是诗体的转变。很可能，诗体的转变才是根本的转变，因为正是这种新诗体，他用诗歌语言追求新解放才成为可能。

如果我们要尽可能简短地表述这种转变，我们不妨说,总体来看,直到《荒原》,艾略特的诗歌,正如斯宾塞后大多数英语诗歌一样,或多或少可用得体的标准来"分析"。但在《空心人》之后,不复如此。在诗体上,诗人走在前面,诗体学家落在后面,往往还要落后很长时间。我不知道,未来的诗体学家会发现艾略特在实践上遵从的是什么"规则"。如果我现在要归纳出他的规则,几乎可以肯定的是,他接下来写的诗歌会证明我的总结有误。我既不是诗人,也不是诗体学家,我现在唯一敢说的是,《荒原》之后出现了新的开端,这是一眼可辨认的,将他此前和此后的诗歌中的一些部分并置,就一览无余。这种新的开端是与英国非抒情诗歌的传统决裂。自从斯宾塞在《牧人月历》中展示了英雄诗体的潜力之后,这种传统就一直居于主导地位。*

艾略特诗集《普鲁弗洛克和其他观察到的事物》(1917)的诗体特征是:由诗段构成,诗行长短不一,有押韵,但不规则,采用了两拍子的上升音律。押韵只是

---

* "英雄诗体"是一个使用方便的术语,因为它包括了我们在"无韵诗"、在连绵的英雄偶句诗和在"英雄诗节"中看到的诗体。在《失乐园》序言中,弥尔顿用它来指称他的无韵诗,他称之为"英语中没有押韵的英雄诗体"。把这种诗体称为"抑扬格五音步诗体"是严重误导。经典抑扬格（转下页）

作为修辞性的装饰，不是固定诗体的一部分；押韵是用于表示强调的装饰，不是结构性的部分。每行诗的重读音节数量不同，此外，话语重读和韵律重读之间巧合的次数差异也很大。不过，所有这些我们在十七世纪以来的诗歌中都已习惯。这部诗集的潜在节奏是明白无误的；它保持了两拍子的上升音律。这是英语诗歌的主要节奏，是我们英雄诗体的基础，无论这一行只有

———————

（接上页）诗体的基础是重读次数。其音乐性来自具有固定重读次数的可变重读产生的强调。英语中英雄诗体的基础是非重读音节（用"x"表示抑）和重读音节（用"/"表示扬）的有规律变化。一个非重读音节和一个重读音节构成了一个两拍子的上升节奏（用"x/"表示抑扬格）。其音乐性来自具有固定韵律重读的可变重读的强调。此外，在古典诗体中，重读次数实际上在每一句诗行都得到遵守，但在英语中，非重读音节和重读音节的有规律变化只是理想状态，实际上每句诗行多少有出入。使用经典术语的另一种严重的误导说法是，经典的抑扬格是一种弱音步。每行为三拍子，因为每个音步由一个短音节和一个长音节（一个四分音符和一个二分音符）构成。经典的强音步是六音步，每行两拍，每个音步是扬抑抑格（一个二分音符和两个四分音符）或扬扬格（两个二分音符）。然而，在英语中，习惯性称为的"抑扬格五音步"是强音步，两拍子，即我们的"英雄诗体"音步。英语中的"六音步"是弱音步，三拍。我认为，要描述英语中的英雄诗体，最好是说，这种诗体一行有五次重读、两拍、上升节奏。相应地，英语的"六音步"是一行有六次重读、三拍、下降节奏。在阅读英语中重读节律诗六音步诗时，我们习惯补出所谓的"扬扬格"，以保持流畅平稳的圆舞曲节拍。

两三个语词,还是长到十余个语词。使用这种诗体是想摆脱十九世纪那些擅长在作品中制造独白的诗人惯用的无韵诗。这种诗体既见于运用了戏剧性独白的诗作《杰·阿尔弗莱特·普鲁弗洛克的情歌》和《一位夫人的画像》,也见于非戏剧性独白的诗作《序曲》和《大风夜狂想曲》,只不过运用的手法自然有别。艾略特对英雄诗体做了自由运用,创造出由押韵装饰和指引的诗段。这样的诗段,我们在多恩的《鬼影》、赫伯特的《衣领》或弥尔顿用无韵诗创作《失乐园》之前的实验性作品——如《时光》《一曲肃穆的音乐》,当然还有《利西达斯》——中可以见到。艾略特的原创性不在于这种诗体,而在于这种诗体的运用。他一九一七年的诗集中有两首重要的诗歌很独特。在《一个哭泣的年轻姑娘》中,尽管许多诗行单独来看,将被认为是英雄诗体的普通变体,但某些变量的魔咒般重复,如第一个音节反复出现的重读,使得这首诗歌远远偏离了诗体规范,让我们意识到它是一种潜在的节奏;直到最后一段,我们才再次听到那种诗体,只不过是用一种很美丽的手法加以运用。在另一首诗歌《阿波利纳克斯先生》中,我们的耳朵则完全捕捉不到任何两拍子节奏的痕迹。这首诗由交谈构成，是一首自由重读诗。话语重读强大，每行诗结尾的停顿得到强调；我们必然能感觉到这类诗歌带来的愉悦。这是捕捉到一种新出现的节奏的愉悦，不是辨认出一种潜在节奏的愉悦。

艾略特一九二〇年出版的诗集《诗》，放弃了一九一七年那卷诗集《普鲁弗洛克和其他观察到的事物》的诗体。我们看到，诗歌《小老头》是无韵诗。在此，英雄诗体像伊丽莎白时代后期戏剧家一样采取了自由运用的方式。如果我们在某种意义上能够"分析"图尔纳和米德尔顿的诗歌，我们就能分析这首诗歌。这首诗歌的特征包括：极度自由地运用话语重读；没有话语重读和韵律重读的巧合带来的强拍；诗行中停顿的位置多变。这些特征和其他特征——如频繁省略最初没有重读的音节和频繁添加最后的音节——我们在讨论莎士比亚及其之后无韵诗的发展时都已相当熟悉。但是，尽管《小老头》是一首出色的无韵诗，其中还是有"模仿"的痕迹。我们不妨称之为艾略特的《海皮里安》。我们在整首诗里听到的是艾略特的声音，尽管他装出了一个假声，但我们还是听得出是他的声音。在一九二〇年的这部诗集中，大多数诗歌是用四行诗体。这种常见的诗体得到最出色和自信的运用,再次让我们想起十七世纪,想起那个时代的抒情诗人对所谓的八音节诗体的精彩处理。这里有我们经常找到的所有变体:七音节和九音节构成的诗行,"三音节音步",但让我们愉悦的是,正如多恩的《热病》或马维尔的《爱的定义》或罗切斯特的《失去你我心如刀绞》*,这种坚定的两拍子的上升音律,带着强烈标记的节拍和用于强调的押韵。同样,艾略特的原创性不在于这种诗体,而在于如何运用这种诗体。

诗集《荒原》(1922)代表了艾略特熟练运用诗体的顶峰。《荒原》中最基本的单位是英雄诗体。这部作品几乎穷尽了英雄诗体可能的运用方式。英雄诗体所包含的丰富音乐性,只有从《荒原》中才能得到证明,并且要用其他最为多变的诗人的作品来对观。在《荒原》结尾的雷霆声中,我们再次听到詹姆斯一世时期戏剧

---

* 我举了这些诗歌为例,是因其刚劲有力。尽管它们的四行诗节有两个韵,而艾略特的四行诗节有一个韵,但是,相比于诗歌节奏和四行诗节结尾的相似性,韵的区别似乎没那么重要。在《携带着旅行指南的布尔邦克》中,艾略特想避开诗节终结,在我看来不那么成功。我觉得这是韵律品味上的败笔。

家们的声音。除了直接挪用,莎士比亚的回声在《荒原》中到处可闻。在下面的诗行中,我们完全能够捕捉到诗歌韵律的流畅和叙事的甜美:

> 但在我的背后,时复一时我听到
> 喇叭和马达的声音,在春天
> 为波特夫人带来斯威尼;①

> But at my back from time to time I hear
> The sound of horns and motors, which shall bring
> Sweeney to Mrs Porter in the Spring;

有力的结尾,以及有规律的轮流押韵,以反讽的方式给了这个长满红疹的年轻人与那个打字员之间的约会一种尊严。我们也看到,《荒原》漂亮的著名开头几行和最后一部分同样漂亮的开头几行,采取了另一种韵律,

---

① 我发现针对马维尔的诗行而产生的气愤难以释怀,即便它很好地证明,以此方式运用的"英雄诗体",往往要用十个音节来表达只用八音节就能更好表达的东西。十七世纪青睐"八音节诗体",是对此前流行的"十音节诗体"的反动。

不是流行的二拍子的上升音律,而是《一个哭泣的年轻姑娘》中一再重复的下降音律。与《阿波利纳克斯先生》一样,《荒原》第二部分中娄的话语,完全偏离了英国戏剧或类似戏剧的诗歌的典型节奏。结尾处类似于"诗歌朗诵者"的声音完全不在乎这种节奏。

可能有人问,既然艾略特可以用英雄诗体做到所有这些不同的事情,为何他还觉得有必要放弃作为他诗歌主要诗体的英雄诗体。在《灰星期三》的开头,他挪用了莎士比亚十四行诗中的一句诗,可能部分给出了答案:

　　　　因为我不再希望重新转身

　　　　因为我不再希望

　　　　因为我不再希望转身

　　　　觊觎这个人的天赋和那个人的能量……

　　　　Because I do not hope to turn again

　　　　Because I do not hope

　　　　Because I do not hope to turn

　　　　Desiring this man's gift and that man's scope. . . .

这几行诗歌的意义,哪怕不是主要的意义,是从现在开始,他会设法用自己的声音讲话。他想用自己的声音表达,哪怕他还有种种局限。他不想再靠模仿来摆脱局限。英雄诗体是他这种努力面前的障碍,因为英雄诗体有久远和光荣的历史,当它用作长诗的诗体时,几乎不可能不会回响精通这种诗体的某位大师的声音。艾略特对弥尔顿"万里长城"般的诗歌的攻击,只是普及了过去七十年来他人感到和说过的东西;那是丁尼生和勃朗宁——他们是在无韵诗中表现出创造性的最后诗人——之后的时期。霍普金斯的"跳跃韵诗体"和布里奇斯在《美的证言》中运用的"松散的亚历山大诗体",是针对布里奇斯在一九一二年《泰晤士报文学增刊》的一篇批评中描述的情景所做的两种不同反应,一种反应影响很大,一种反应影响寥寥*:

在所有艺术中,当一个大师出现时,他穷尽了

---

* 参见《散文集和论文》,卷二,第13篇。我这方面的知识,要感谢F. P. 威尔逊教授,他在《伊丽莎白与詹姆斯一世时代的诗歌》中引用了布里奇斯对音节诗的艺术枯竭的评论。

可支配的主题,任何后来的艺术家想有创新,简直就不可能,除非他发现新主题,除非他发现运用旧的主题的新方法。在绘画和音乐中,对于新人来说,这是几乎可以证明的;在诗歌中,这条法则或许没有那么严格,但它仍然能够成立;任何人或许都能看见,真正的押韵在英诗中已枯竭,或者说,弥尔顿的无韵诗作为一种原创形式随着弥尔顿实际上已经作古。许多迹象表明,英语音节诗早就进入艺术形式枯竭的阶段,尽管此前有巨大的艺术努力。现在,就诗歌形式而言,华兹华斯显然没有意识到这种困境。他没有想到,他用的是失去锋刃的工具。他的想法是将新内容装入诗歌旧形式,净化语词,复兴英诗。他这种保守主义,可能有两个原因。其一,在他的时代,一个人为的诗歌学派早就与这种古老的传统决裂,所以任何回到更古老的风格看起来就很新颖;其二,他是那种难以解释的灵感洪流的一部分,在济慈和雪莱的作品那里,在柯尔律治的一些抒情诗那里,在一些重要的品质方面,这种灵感洪流超越了此前完成的一切,实际上在旧形式内创造出了原创性美的奇迹；但这些摆脱束缚的努力，我们会说，只不过是完成了艺术形式的枯竭，尽管他们一些作品的单调品质表明，这些天才诗人在多么不利的条件下抵达了卓越。济慈的话说得直白；比如，他说，他放弃了《海皮里安》，因为他绕不开弥尔顿；辛格写诗不多，但他似乎十分清楚诗歌的现状；事实上，他认为诗歌的现状让人很绝望，难怪他问，"诗歌再次人性化之前，是否必须学会残忍"。

直到《荒原》，总体说来，艾略特做的就是布里奇斯所谓的浪漫主义诗人做过的工作：把新内容装入旧形式，通过回到更早的旧形式的处理手法，来复兴形式。布里奇斯赞扬济慈和雪莱"在旧形式内创造出了原创性美的奇迹"，这句赞语同样可以用到艾略特身上。但是，无论有意无意，艾略特的《荒原》显示出他自己的"万里长城"在哪里。在最伟大的时刻，我们都意识到，莎士比亚及其追随者的戏剧性无韵诗的节奏，对于诗人耳朵产生的那种不可逃避的力量。弥尔顿熟悉这些人的作品，他的诗歌中一再有他们的回声。通过创造出自己的音乐，他摆脱了对他们的依赖。他恢复音节的规则性,作为他诗体的基础。他完成这样的工作时,这种莎士比亚的音调变成了一种美,成为《失乐园》中众多美丽地方之一。* 我认为,艾略特自己没有意识到,他的问题与弥尔顿多么相似。弥尔顿的出现,正值戏剧舞台上的无韵诗惊人发展阶段的结束。弥尔顿成年时,无韵诗已开始败落。弥尔顿的问题,我们最好的理解方式,不是靠阅读《失乐园》,其中他已解决了这个问题,而是靠阅读《酒神之假面舞会》,正如约翰逊博士说,里面"可能一眼就能看出《失乐园》的晨昏"。弥尔顿的问题是要做一些莎士比亚还没有做的东西,做一些比他想做的更好的东西。一九四七年,在英国科学院关于弥尔顿的讲座中,艾略特还没有太明白这个问题,因为他还执着于对戏剧诗和非戏剧诗做严格区分。但是,他把莎士比亚和弥尔顿相提并论,作为他要逃避影响的诗人,让我们看清他一直批评弥尔顿的真

---

* 在《失乐园》中这样的诗行里——"因为被死对头刺得如此渗透的 / 创伤,不会有真正的愈合"——我们愉快地听到这种重读。我在读本科的时候,导师卢克小姐教我听诗歌的乐章,一天晚上,她给我们念了这一段,结果正如所料:一些人没有辨认出这是撒旦在尼法提斯山上讲的话,他们在脑海里搜寻是否出自莎士比亚前期的戏剧。

相——莎士比亚才是他找到自己声音的真正障碍:

> 弥尔顿在前,后世不可能再创作出伟大的史诗;莎士比亚在前,后世不可能再创作出伟大的诗剧;这样的情况不可避免,这样的情况将继续存在,除非改变语言,没有模仿的危险(谈何容易)。哪怕是今日,想写诗剧的人应该知道,他的一半精力肯定消耗在努力逃避莎士比亚的紧密罗网:只要注意力松懈,只要精神不集中,他就会写出蹩脚诗歌。很长一段时间,在弥尔顿一样的史诗作家之后,或者在莎士比亚一样的戏剧诗人之后,没有什么可以做的。但逃避他们影响的努力必须反复尝试;因为我们不可能预知,新史诗或新诗剧可能产生的时刻何时来临;当这个时刻的确日益迫近时,有可能一个天才诗人会完成语言和诗化的最后变化,创造出新诗。

艾略特的实践没有支持他坚持的区分。他在戏剧诗写作方面的实验,实际上引导他创造出在《四个四重奏》中为了非戏剧的目的而利用的诗体;如德莱顿在经过漫长的舞台见习之后,从《奇迹之年》的诗人转变成了《阿龙沙和施弗托》的诗人。事实是,戏剧中的许多诗歌不是特别具有戏剧性,相反,长诗中的许多部分可能十分具有戏剧性,如果主题要求,如果诗人选择在诗里变化张力的方法。尤利西斯关于度的一席话是哲学阐释,没有明显的戏剧性,同样,《哈姆雷特》中王后对奥菲莉亚之死的描述也没有戏剧性。但是,弥尔顿笔下群魔殿里的许多争论却十分戏剧性。没有什么比得上玛蒙的破口大骂,能够更加自然地表达此刻的情绪:

> 这肯定是我们在天国的
> 使命,我们的快乐;多么无聊的
> 永生,耗费在崇拜
> 我们仇恨的人。

> This must be our task
> In Heav'n, this our delight; how wearisom
> Eternity so spent in worship paid
> To whom we hate.

舞台上最"自然"的诗体,也是长诗里最"自然"的诗体,因为它能兼容最大范围不同的话语节奏;但那种诗体在舞台上的运用大异于在长诗里的运用。比起在长诗里,舞台上的运用会或应会更自由,因为戏剧必须更贴近话语节奏,运用更多节奏变化。

我已说过,我们意识到《空心人》中的这种变化,但这种变化是什么,我们先分析一下《斗士斯威尼》的序诗片段,会更容易搞清。在这里,艾略特力图从实践中发现舞台上可能的"诗化形式",力图"发现一种新的诗歌形式,它对我们来说应该是一种满意的手段,正如对伊丽莎白时代的人来说的无韵诗那样"。*《斗士斯威尼》发表于一九二六年十月和一九二七年一月号的《标准》上,这首诗用简洁形式向我们展示了艾略特的新开端。我们立马看到,这首诗更加贴近日常话语的节奏,而非更加灵活地利用传统的诗体。艾略特已经放弃了"将新内容放入诗歌旧形式"的方法,而是反其道而行,为新内容找到适合的诗歌形式。《斗士斯威尼》开始用的是最没有给人希望的话语,是经过剪辑的现代都市

---

* 《一次关于戏剧诗的对话》(1928),重刊于《文选》(1932)。

生活话语，没有表现力，非常陈腐。这是没有受过教育的话语，但没有朴素而自然的话语那种活力；它平淡无味，有时几乎毫无意义。艾略特希望，通过强调这种话语的典型节奏，我们可以获得一些能称之为诗歌的东西。在德莱顿的《论戏剧诗》中，克莱迪斯攻击戏文的押韵，他说，韵文"不能自然地表达最伟大的思想，不能用优雅表达最低级的思想：因为最不适合的东西，对于诗歌的高贵来说，莫过于用韵文来呼叫仆人或吩咐把门关上"。这点出了戏剧诗的问题。* 如何自然地表达最伟大的思想，让它带着鲜活的回声，艾略特的解决办法是，集中于思考我们如何可能"呼叫仆人或吩咐把门关上"。如果我们在寻常的话语中能找到一种诗歌节奏，那么，可加以提炼和升华，从而包容最伟大的思想而不失其自然。有人可能反击说，英雄诗体的节奏就是这种"自然的节奏"，因为许多写散体文的作家自然在使用。一度，可能是这样；但可以注意到的是，如狄

---

   * 这个问题只是在舞台上比在长诗里更突出，因为长诗作者不可能一直"表达最伟大的思想"；他只需要一种工具，能够优雅地表达即使不是最低级但也不那么崇高的思想。

更斯这样的作家,在沉溺于优雅的书写,往往使用这种技巧,在诗意的段落中无意识地使用无韵诗的节奏。这种节奏根本不是狄更斯人物鲜活话语的特征,除非如狄克·斯威夫勒一样,血管里流着"诗血"。正因为无韵诗的节奏被认为是诗歌的节奏,现代诗人才认为它无法令人满意。可能自十六和十七世纪以降,话语节奏中有过一次真正的变化。可以肯定的是,散文节奏的发展的确暗示有过那样的变化。在《斗士斯威尼》中,艾略特与英雄诗体节奏决裂,他找到了另一种音乐,这种音乐以其最粗糙的形式在其中呈现。我们的耳朵会捕捉到,一行诗,四个重读,经常突然分成两半,在结尾停顿处重读。音节的数量不重要,重读音节和非重读音节的部署也不重要。比如这三行诗句:

> 我再次告诉你,这没有关系
> 死还是活,或者活还是死,
> 死就是活,活就是死。

> I tell you again | it don't apply
> Death or life | or life or death

Death is life | and life is death;

再如下面两行诗句:

在妙而小、白而小、软而小、嫩而小、
汁多而小、火候正好而小的教士炖菜中。

In a nice little, white little, | soft little, tender little
Juicy little, right little, | missionary stew.

为了强调,短诗行经常要求增加停顿,好与长诗行占有
的时间相同,例如:

史华兹:这些家伙最后总给人逮起来。

斯　诺:对不起,这些家伙最后并不全给逮起来。
　　　　埃普森荒地的那些骨头又是怎么回事?
　　　　我在报纸里读到过(停顿)
　　　　你在报纸里读到过(停顿)
　　　　他们最后并不全给逮起来。

陶利斯:一个女人真得冒可怕的风险。

斯　诺：让斯威尼先生继续讲他的故事。

SWARTS：These fellows always get pinched in
　　　　the end.
SNOW：Excuse me, they don't all get pinched in
　　　　the end.
　　　　What about them bones on Epsom Heath?
　　　　I seen that in the papers(*pause*)
　　　　You seen it in the papers(*pause*)
　　　　They *don't* all get pinched in the end.
DORIS：A woman runs a terrible risk.
SNOW：Let Mr Sweeney continue his story.

我们的耳朵意识到时间和节拍,偶尔会因押韵而觉得愉快。话语节奏的变化也会带来愉悦,但不管如何变化,话语节奏还是会保持这种简单的基础。《斗士斯威尼》回到了艾略特所说的"击鼓和节奏的核心"。在《诗歌的用途》最后一章,艾略特说:"我敢说,诗歌开始于一个野蛮人在森林里击鼓。"《斗士斯威尼》的鼓点——这在歌队的爵士乐断奏中找到了抒情的对应——是艾略特建立其新风格的基础。在《斗士斯威尼》中，他是创新者，正如许多创新者必须做的那样，他回到其艺术的基本元素；在《家庭团聚》和《四个四重奏》中，他推进了自己的创新，开拓和加工他诗体的音乐可能性。如果我们想起弥尔顿，在音节规范化的基础上在无韵诗里建立起原创的音乐，那么，我们可以想到艾略特，正如弥尔顿反抗戏剧家的特权，艾略特反抗这种音乐，在强调性的重读或节拍的基础上建立他的音乐。

要把艾略特的"新诗"与英诗传统联系起来，我们必须回到斯宾塞，回到十六世纪那种"新诗"的宣言《牧人月历》。从诗体学的角度来说，《牧人月历》的主要意义是，斯宾塞在其中用行云流水的自由节奏来运用英雄诗体，这种风格是英语中的英雄诗体缔造者乔叟的风格，自从乔叟去世后，实际上已失传。在四月牧歌和十一月牧歌中，斯宾塞在精致诗节的节奏变化方面也展示出高超的技艺，每首诗歌围绕一个理想的格律而求变，相比之下，其中精致的抒情诗并不那么重要。尽管此前没有那么精妙音乐性的诗歌，英语抒情诗没有像重读节律诗一样陷入衰落。《牧人月历》另一个突出特征是，二月牧歌、五月牧歌和九月牧歌运用了重读节律诗体。显然，斯宾塞认为，重读节律诗体是"粗俗田园诗"的诗体。在这些"智慧牧羊人"的牧歌中使用这种诗体，是他"到处看到的礼仪"之一部分。其本质一眼可见，尽管其起源有很多说法：

　　卡蒂：

　　天啦！愤怒的冬天

　　驱驰的寒风就不能消停吗？

　　寒风穿过我千疮百孔的躲藏处，

　　正如刺穿了我的躯体，

　　我那些瘦骨嶙峋的小牛，

　　就像地震中的高楼摇晃，

　　寒风中它们再也不会像活泼的孔雀，

　　摇动起尾巴，现在，尾巴都垂下了。

　　西诺：

　　懒惰的家伙，收起你对寒风

　　愚蠢的抱怨吧，因为这只会

　　让你悲伤。世事岂非如此，

　　从好到坏，从坏到更坏，

　　从更坏到最坏，

然后又回来，开始新一轮循环？

CUDDI

Ah for pittie, wil rancke Winters rage,
These bitter blasts neuer ginne tasswage?
The kene cold blows through my beaten hyde,
All as I were through the body gryde.
My ragged rontes all shiver and shake,
As doen high Towers in an earthquake;
They wont in the wind wagge their wriggle tailes,
Parke as Peacock; but nowe it auales.

THENOT

Lewdly complainest thou laesie ladde,
Of Winters wracke, for making thee sadde.
Must not the world wend in his commun course
From good to badd, and from badde to worse,
From worse vnto that is worst of all,
And then returne to his former fall?

这里没有节奏规则升降的问题，也没有定时出现两拍子的问题。绝大多数诗行有四节拍，尽管五节拍的诗行也有，我们是按照节奏和节拍阅读。不必讨论斯宾塞是怎么想的，我们都可以说，他在做一个实验，将不规则的重读节律诗体和规则的押韵结合在一起。尾韵取代了头韵。在中世纪英语对古英语诗体的发展中，除了重读节律，押头韵是另一个形式元素。无疑在创作中，正如我们在阅读中，斯宾塞发现，诗歌貌似的自由只是一种幻觉。当我们连续阅读时，我们听到的将是一阵沉闷的重击声。但是，斯宾塞的重读节律诗体运用，还是有趣地暗示出，如果他的兴趣更多地在于找出一种办法，在重读节律诗中获得真正的自由，而不是发现英雄诗体的优点，那么，英语诗歌可能会走上不同道路。正是发现了英雄诗体的优点，他才摘取了过去三百年英语诗歌的冠冕。

艾略特和布里奇斯一样都觉得诗歌形式已枯竭，但他比布里奇斯大胆。布里奇斯想改造弥尔顿的音节节律诗体。艾略特绕到英雄诗体之后，发展了斯宾塞在《牧人月历》中玩弄过的重读节律诗体。不管艾略特是否意识到，在用《斗士斯威尼》做实验时，他捡起中世纪的重读节律诗体的传统，按照自己的目的加以改造，或者我们不妨说，他发现了回到重读节律诗体传统的道路。我认为，斯宾塞错失了这条路，因为他想把这种诗体和有规则的押韵结合。柯尔律治在《克里斯塔贝尔》中做类似实验时，他的耳朵告诉他，规则的押韵要求相应具有规则的节奏。借助上升节奏为主导，他改造了整个效果。《克里斯塔贝尔》就音乐性而言是一部很美的经典，可其节奏，虽极为适合柯尔律治的浪漫传奇故事，对于一个"什么事情都干的女仆"来说纯属多余。艾略特新诗的伟大品质是节奏的灵活。我认为，今后诗体学家讨论的重点将是他用重读次数的对比来强调他的重读。但我们都能听到，他随意利用节奏的变化，按照他想要的特殊效果，获得两拍节奏的平衡或三拍节奏的波动。

艾略特的诗歌经常回到的一个基准诗体是一行四次重读的诗体，中间有明显的停顿。《燃毁的诺顿》就是这样开头：

> 时间现在和时间过去
> 也许都存在于时间将来，
> 时间将来包容于时间过去。*
>
> Time present | and time past

---

　* 在这种诗中，某些诗行的阅读会因人而异。我知道，其他读者可能不同意一些我标记的重读，有时我标记的重读也与艾略特本人录音中的阅读稍有出入。我只是想说明我的主要观点，才冒细节上可能引起异议的危险。

Are both perhaps present | in time future,

And time future | contained in time past.

第三行出现了五次重读,但在我们耳朵听来是十分自然的;它结束了这句开门见山的观点,没有制造不确定的期待。以同样的方式,下面三次重读的一行诗:

足音在记忆中回响

Footfalls echo in the memory

经过自然的话语停顿得以延伸之后,我们回到了四次重读的诗体:

沿着我们不曾走过的那条通道
通往我们不曾打开的那扇门。

Down the passage | which we did not take

Towards the door | we never opened.

在《干塞尔维其斯》的第一段,经过开头诗体稍有变化的铺垫,在结尾处重新出现了这种一行四次重读的基准诗体,非常具有感染力:

> 他的节奏在哺乳室里,
> 在四月庭院中有味的小乔木丛里,
> 在秋日餐桌上的葡萄气味里,
> 还在冬日煤气灯下的黄昏圈子里。

> His rhythm was present | in the nursery bedroom,
> In the rank ailanthus | of the April dooryard,
> In the smell of grapes | on the autumn table,
> And the evening circle | in the winter gaslight.

在《东库克》的第一乐章,在那个漂亮缓慢的引段——里面许多行是五次重读,有一行是八次重读,尾行是六次重读——之后,一行四次重读的诗体再次成为主导:

> 在舞蹈中
> 遵守着时间,保持着节奏

就像他们生活在充满活力的季节中，
季节和星座的时间
挤牛奶的时间和收庄稼的时间
男人和女人做爱的时间
牲畜交配的时间。脚提起又落下。
吃吃喝喝。粪堆和死亡。

> Keeping time,
> Keeping the rhythm | in their dancing
> As in their living | in the living seasons
> The time of the seasons | and the constellations
> The time of milking | and the time of harvest
> The time of the coupling | of man and woman
> And that of beasts. | Feet rising and falling.
> Eating and drinking. | Dung and death.

《小吉丁》和《燃毁的诺顿》一样，在第一行诗里就点明时间。不同的是，《燃毁的诺顿》开头似乎用途有限的一行四次重读的诗体，在《小吉丁》的开头立刻大放异彩：

冬天一半时分的春天是自己的季节，

持久不变，近落日的一刻湿漉漉的，

在时间中暂停，在极地和热带之间。

那时短暂的白昼因为严霜和火焰最为明亮，

短促的阳光闪耀在冰上、池上和沟上，

在那是心之炎热的无风的寒冷中，

倒映在一面似水的镜子里，

早中午时，一道让人什么都看不见的强光。

Midwinter spring | is its own season

Sempiternal | though sodden towards sundown,

Suspended in time, | between pole and tropic.

When the short day is brightest, | with frost and fire,

The brief sun flames the ice, | on pond and ditches,

In windless cold | that is the heart's heat,

Reflecting in a watery mirror

A glare that is blindness | in the early afternoon.

如果我们把《小吉丁》的开头和《农夫皮尔斯》的开头——我们立刻会想到里面押头韵和重读的结合——

对观,我们能够看见其间的异同:

> 初夏风和日丽,阳光正和煦,
> 我套上绵羊般蓬松的毛毡衣,
> 装束成一位云游四海的修士,
> 出门去浪迹天涯,探访奇闻。
> 五月的一天早晨,我像中了魔,
> 在莫尔文山上遇见一桩怪事。
> 我行路过于劳累,便稍事歇息,
> 在一条小溪的宽敞堤岸上面
> 躺下来,凝望清泉流波:
> 水声潺潺,片刻催我进入梦乡。①

> In a somer seson　whan soft was the sonne,
> I shope me in shroudes　as I a shepe were,
> In habite as an heremite　vnholy of works,
> Went wyde in this world　wondres to here.
> Ac on a May mornynge　on Maluerne hulles

---

① 本书所涉《农夫皮尔斯》,采用沈弘先生译文,个别文字有调整。

Me byfel a ferly   of fairy me thoughte;

I was wery forwandred   and went me to reste

Vnder a brode banke   bi a bornes side,

And as I lay and lened   and loked in the waters,

I slombred in a slepyng   it sweyued so merye.

兰格伦诗体的一大缺点是单调。他的诗体有变化，但节奏太死板。通过赋予每行诗中音节数量更大的自由，同时运用一行四次重读的诗体作为偏离和回归的基准，艾略特解放了这种诗体。在兰格伦的诗里，我们十分明显地意识到诗行是诗歌的单位，但在艾略特的诗里，我们觉得整个段落的节奏是一体的。

在《四个四重奏》中，一行四次重读的基准诗体明显有两个主要变化。在《燃毁的诺顿》结尾，四次重读的诗行只是偶尔作为例外出现，这里的诗体主要是一行三次重读的短诗行：

图案的细节是运动，

就像在那十级扶梯的形象中。

欲望的本身就是运动，

欲望的本身却并不值得欲望；

爱的本身并不惹人爱；

只是运动的原因和终结，

没有时间、没有欲望，

除了在时间的这一点外，

陷入形式的局限中，

在未存在和存在中。

突然，一道阳光下

甚至尘土还在微扬时

绿叶中嬉戏的儿童

快些，现在，这里，现在，永远——

可笑，那浪费了的悲哀时间

在前和在后展开。

The detail of the pattern is movement,

As in the figure of the ten stairs.

Desire itself is movement

Not in itself desirable;

Love is itself unmoving,

Only the cause and end of movement,

Timeless, and undesiring

Except in the aspect of time

Caught in the form of limitation

Between un-being and being.

Sudden in a shaft of sunlight

Even while the dust moves

There rises the hidden laughter

Of children in the foliage

Quick now, here, now, always—

Ridiculous the waste sad time

Stretching before and after.

其他三个四重奏的结尾,都是以这种一行三次重读的诗体为基准而做的变体。这些巧妙的变体显示了这种诗体作为抒情手段的可能性。这些可能性只在《燃毁的诺顿》里的一段话中得到暗示。在《家庭团聚》中,哈里和玛丽之间有一场戏,戏剧性的对话暂时让位于别的沉思,此时,一行三次重读的诗体产生了辛

酸效果:

痛苦是快乐的对立面

但快乐也是一种痛苦

我相信出生的时刻

就是我们知晓死亡的时刻

我认为出生的季节

对那些想到上游去的树木、走兽和鱼儿

都是奉献的季节:

那么跟那些被迫重生的恐惧的幽灵

又有什么关系呢?

他们不得不向着炽热的太阳飞去

在云层里打湿自己的翅膀

还有月亮上的兔脚。

Pain is the opposite of joy

But joy is a kind of pain

I believe the moment of birth

Is when we have knowledge of death

I believe the season of birth

Is the season of sacrifice

For the tree and the beast, and the fish

Thrashing itself upstream:

And what of the terrified spirit

Compelled to be reborn

To rise toward the violent sun

Wet wings into the rain cloud

Harefoot over the moon?

　　一行四次重读的基准诗体，另一个明显的变体，是一行六次重读的长诗行。《燃毁的诺顿》第二乐章下半部分开头使用的就是这种诗体：

　　　　在那旋转世界的静止点上。既不是血肉也不
　　　　　是血肉全无；
　　　　既不是从哪里来也不是往哪里去，在静止点
　　　　　上，那里正在舞蹈，
　　　　但既非遏止也非运动。别称其固定不变，
　　　　那里过去和将来汇集。既不是往哪里来或朝

哪里去的运动。

既不上升也不下降。除了这一点,这静止点,

不会有舞蹈,现在只有唯一的舞蹈。

我只能说,我们曾去过那里:但说不出到底哪里

说不出多长时间,因为说了,就是把它放到了

　　时间中。

At the still point of the turning world. | Neither

　　flesh nor fleshless;

Neither from nor towards; | at the still point, there

　　the dance is,

But neither arrest nor movement. | And do not call

　　it fixity,

Where past and future are gathered. | Neither

　　movement from nor towards,

Neither ascent nor decline. | Except for the point,

　　the still point,

There would be no dance, | and there is only the

　　dance.

I can only say, *there* we have been： | but I cannot

say where.

And I cannot say, how long, | for that is to place it

in time.

最后三行标志着节奏的改变,每行重读减少到五次,为回
到一行四次重读做铺垫,在这个乐章的剩余部分,一行四
次重读是基准。这个乐章最后一行以强调的口吻说：

只有通过时间,时间才能被征服。

Only through time | time is conquered.

这种长诗行最漂亮的运用是在《东库克》的第三乐章。
这个乐章的第一行诗就点出了时间背景：

噢,黑暗、黑暗、黑暗。他们全进入了黑暗。

O dark dark dark. They all go into the dark.

同样是在这里，在接近乐章结尾时，基准诗体的变化最为精湛动人。借助一个以五次重读诗行作为基础的段落，在结尾时我们再次回到一行四次重读的诗体：

> 于是黑暗将是光明，静止将是舞蹈。
> 流淌小溪的低语，还有冬日的雷电。
> 隐蔽的野麝香草和野草莓，
> 花园中的笑声，回响着
> 尚未消失、却需求的狂喜，
> 指向死亡和出生的痛苦。

> So the darkness shall be the light, | and the stillness
>   the dancing.
> Whisper of running streams, | and winter lightning.
> The wild thyme unseen and the wild strawberry,
> The laughter in the garden, | echoed ecstasy
> Not lost, but requiring, | pointing to the agony
> Of death and birth.

六次重读长诗行最愉快的变体是在《干塞尔维其斯》的开头。开头的两行

> 关于众神，我知道得不多，但我认为那条河流
>   是个强壮的、棕色的神——神情阴郁，桀骜
>   不羁，

> I do not know much about gods; | but I think that
>   the river
> Is a strong brown god — | sullen, untamed and
>   intractable,

立刻让我们想起重读节律"六音步"诗体。* 我们会想，朗费罗《伊万杰琳》中使用的这种诗体几乎是无意识地出现在这里，出现在关于童年的记忆中。艾略特从来

---

   * 重读节律"六音步"诗体在说话中很普遍。我十分感谢牛津大学玛格丽特夫人学院的英格女士帮助我分析诗体，她允许我引用她在一次晚宴上看到的一个开心例子，当时，她正好看到这样一句用了重读节律"六音步"诗体："瓶装密封完好，需要小心倾倒。"（"In perfect condition when bottled, but care should be used in decanting."）

不会鄙视"优美曲调"。一九四七年,他为 BBC 选了一组诗歌做电台广播。他选的不是他喜欢的作品,而是无意识中浮现在脑海里的诗歌。值得注意的是,除了雪莱的《致月亮》是抒情诗,他选的都是"重读节律诗",如约翰逊博士的《献给罗伯特·勒维特博士的挽歌》、司各特的《邦尼·邓迪》、坡的《致安妮》、吉卜林的《丹尼·迪福》和戴维森的《一周三十个鲍勃》。艾略特《老负鼠的猫经》的节奏感年轻听众很喜欢,尽管标题中老猫让人联想起老年和沉默,但节奏却放荡不羁。* 艾略特新诗的优点,很大程度在于允许他挪用重读节律,包含在音乐效果之内。我们大多数人是第一次品尝到这种诗体带来的愉悦。

但是,艾略特新诗最大的优点,是赋予他自由使用各种语词,不受约束地大胆运用诗体和散体的语言。他的新诗还赋予他自由,以一种手段和目的完美匹配

---

* 艾略特承认,他十分讨厌弥尔顿,所以他认为弥尔顿是一个主题极度乏味的诗人。我十分讨厌猫,所以我也像艾略特一样,认为《老负鼠的猫经》(1939)是一首主题极度乏味的诗歌。我们心生这种厌恶的原因何在,不妨留给擅长精神分析的批评家去探讨。不过话说回来,《老负鼠的猫经》中灵巧绝伦的诗歌尚未得到认识。

的形式表达他的人生观。这就是四重奏的形式。这种形式的基础是节奏变化；依靠节奏变化，新诗才得以产生。

二 《四个四重奏》的音乐性

你，甜蜜的音乐，舞蹈的唯一生命，

耳朵的唯一幸福，空气的最佳妙语，

友朋的天然磁石，争斗的迷人棍棒，

温柔心灵的天堂，病人心灵的水蛭。

约翰·戴维斯爵士，《管弦乐》

　　既然艾略特把自己的这首长诗命名为《四个四重奏》，那么，批评家也就有必要讨论，在他寻找一种形式的解决办法时，他从音乐艺术中借鉴了什么，哪怕我们这些批评家正如他自称的一样，完全不懂"音乐形式的技巧知识"。在他的讲座《诗的音乐性》中，他对所获得的借鉴有一些暗示：

　　我认为诗人可以通过研究音乐学到许多东

西：到底需要多少音乐形式、技巧方面的知识，我不知道，因为我自己没有这种技巧知识。但是，我相信在音乐的各种特点中和诗人关系最密切的是节奏感和结构感。我想诗人的作品可能会过于接近类似音乐的东西：结果可能造成矫揉造作；但是我知道，一首诗或诗中的一节往往首先以一种特定的节奏出现，而后才用文字表达出来，而且这种节奏可能帮助产生诗的意念和形象；我认为这种经验并非我个人所特有。诗中主题的回复运用和在音乐中一样自然。可能会出现这样的诗，它像是用几组不同的乐器来发展主题；可能会出现这样的过渡，它与交响乐或四重奏中的乐章发展相似；也有可能用强调法来安排素材。诗的幼芽不是在歌剧院而是在音乐厅里得到催生茁长。①

正如《四个四重奏》的诗名显示，从结构上说，其中的每首诗相当于古典交响乐、四重奏或与组曲截然不同的奏鸣曲。艾略特希望，《四个四重奏》里的四首诗

---

① 王恩衷译。

放在一起阅读。放在一起阅读时，其结构就很明显，本质上与《荒原》的结构一样。比起分开阅读里面的诗歌，放在一起阅读的《四个四重奏》，其结构比人们所想的还要严谨得多，但也十分灵活，包含了对核心要素的不同组合和改造。《四个四重奏》的结构既有《荒原》中交响乐一样的丰富，也有《燃毁的诺顿》中室内乐一样的美感。四重奏形式似乎完全契合艾略特的思想和情感：契合他的愿望，既服从严格诗律的约束，也自由地开拓诗歌的形式，容纳极端的变体，将经常分裂的思想和经验相结合。表面的自由和内在的严谨，这正好符合艾略特的气质需求。

《四个四重奏》中的四首诗歌，都包含了可谓贴切的五个"乐章"。每个乐章都有其内在的必要结构。

《四个四重奏》里每首诗的第一乐章都开门见山地暗示出一种音乐类型。第一乐章包含了立论和驳论，或者说两个对立的命题，如严格的奏鸣曲形式中一个乐章的第一主题和第二主题。这种音乐类比不应过于字面理解。艾略特本人没有模仿"奏鸣曲形式"，他每首诗歌中两个主题的处理或发展稍微不同。最简单的处理是《干塞尔维其斯》第一乐章中"河流"和"海洋"

的主题。它们象征着两类不同的时间：一是我们在脉搏中和个人生活中感受到的时间；二是我们借助想象意识到的时间，超越了历史记载，在我们身后还会延续。这两个主题用对照的形式连续呈现。《燃毁的诺顿》第一乐章是类似的结构，分成两个对立的主题：抽象的沉思和花园里的经验。前者是对意识的沉思，后者是对意识的呈现。但是，《东库克》第一乐章分成了四段。第一段的主题是时间，写一年四季，写出生、成长和死亡的节奏，时间主题在第三段再次呈现；第二段主题是超越时间或时间停止的生活经验，经验主题结尾的第四段有短暂的复现。《小吉丁》的音乐性在《四个四重奏》中最浓厚。它第一乐章的第三段是对前两段的发展，采取了对位法将取自前两段的一些诗行编织在一起。但是，不管处理手法多么不同，我们都可以明白无误地说，《四个四重奏》里每首诗的第一乐章都建立在接下来要调和的对立主题的冲突之上。

《四个四重奏》里每首诗的第二乐章建立在以两种大胆对照的方式处理的一个反命题上。效果如听同一首歌曲在不同组别的乐器上演奏或配以不同的和声，或听同一首歌曲用切分音或变奏精心演绎，但不管如何,都不能掩盖这是同一首曲子的事实。这个乐章的开始是一个非常诗意的抒情部分,采用了传统的诗体:《燃毁的诺顿》和《东库克》用的是不规则押韵的八音节诗体,《干塞尔维其斯》用的是一种简化的六行诗体*,《小吉丁》用的是三个抒情性诗节。抒情性部分之后是一个非常口语化的部分,这个乐章前半部分用隐喻和象征来处理的观念,在此用口语体拓展。在《四个四重奏》的前三首诗歌中,第二乐章口语体部分的诗体与第一乐章的诗体一致,只不过这部分开始用了一句长诗行;只有《小吉丁》的口语体部分使用了三行诗体的变体。《燃毁的诺顿》第二乐章的口语体部分,把"生命之流"视为意识统一体的那种高度抽象、充满象征的表

---

* 六行诗体是由六个六行构成的诗节写成的诗歌,后面的诗节重复第一个诗节押韵的语词,但对它们进行重新排列。经常还有一个三行诗体构成的尾声,押韵的语词按照最初的顺序出现在每行的中间和结尾。斯宾塞在《牧人月历》中的"八月牧歌"里,用了一个比意大利的六行诗体更简单的重新排列押韵形式,无疑更适合我们这些神经麻木的耳朵。艾略特本人没有重新排列他的押韵,因为他希望产生没有前进效果的重复,就如海涛的起伏。他也没有限于重复第一个诗节的六个押韵的语词,而是利用其他的押韵,有时是准押韵,他只是在最后一个诗节才回到最初押韵的语词。

述,借助了哲学语言的直接陈述,表达静止和运动的关系,表达过去、现在和未来的关系。直到这个部分结尾,在完成抽象哲学讨论之后,提到三个具体时刻之时,才重新使用意象:

> 玫瑰园里的那一刻,
>
> 暴雨倾泻的港湾里的那一刻,
>
> 烟雾弥漫、透风的教堂里的那一刻。

> the moment in the rose-garden,
>
> The moment in the arbour where the rain beat,
>
> The moment in the draughty church at smokefall.

在《东库克》第二乐章,我们在第一个抒情性部分读到的是季节和星座的混乱。第二个口语化部分,采用了平铺直叙的方式,陈述个人生活中同样的混乱:老年的智慧不过是一场骗局。直到对但丁笔下的"黑森林"详细描写时,才重新使用意象:

> 在中间,不仅仅在路的中间

而且还是路的全程,在黑魆魆的森林里,在荆
　棘丛中,
在沼泽地边缘上,那里没有安全的立足点,
更受恶魔、想象的光线,危险的魅力的
威胁。

In the middle, not only in the middle of the way
But all the way, in a dark wood, in a bramble,
On the edge of a grimpen, where is no secure
　foothold,
And menaced by monsters, fancy lights,
Risking enchantment.

同样,在口语体部分的最后两行,

海底下所有的房子全消失了。
山岭下所有的舞蹈者全消失了。

The houses are all gone under the sea.
The dancers are all gone under the hill,

我们隐约回想起了第一乐章，它们以最可能简短的方式召唤出第一乐章。《干塞尔维其斯》第二乐章中，用六行诗体写成的第一部分，是对无数无名之人的美丽哀叹，他们的人生并没有堆积出一个我们可以命名的形象，他们在时间的海洋中只留下残骸和废物。在口语化的第二部分，这声美丽的哀叹暗示了何处可以寻找到意义，它先是径直的陈述，直到结尾才光明正大地回到前面的"河流"和"海洋"的意象。在《干塞尔维其斯》第二乐章口语体部分，艾略特故意不借用意象，直到用哲学推论涤净我们的心灵之后，才重新使用意象，产生了神奇的力量。这种诗意效果，正如音乐经历了一个艰难而漫长的乐章之后，重新回到最初美丽优雅的旋律。《干塞尔维其斯》第二乐章中一个特别重要的论述就是用诗歌的形式表达其主题：

我们有过经验，但未抓住意义，
对意义的探索恢复了经验。

We had the experience but missed the meaning,
And approach to the meaning restores the experience.

对意义的探索恢复了前面对"河流"和"海洋"的想象；这些意象现在带着力量归来。《小吉丁》第二乐章中，第一个抒情性部分形象地描写了我们人世的朽腐，第二个口语体部分转向了空袭之后与某个"逝去的大师"的对话，那时，他人的名声和诗人的成就同样显得虚妄。这个乐章的第二部分在诗体上虽与第一部分不同，但还是使用了正式的诗体 *，从头到尾有意象贯穿其中。这与《小吉丁》的总体基调一致。在这首诗歌中，相比于前面的《东库克》和《干塞尔维其斯》，风格的反差没有那么强烈，我们更加意识到主题的对位。同样，正如在《四个四重奏》里每首诗第一乐章、第二乐章中两部分的关系，也随每首诗的性质而变。我们大致可以说，每首诗第二乐章的第一部分抒情色彩浓厚，使用了传统诗体，充满浪漫的意象，具有象征意味；第二部分口语色彩浓厚，富于推理，充满哲思。不同的

---

　　* 这种诗体是三行诗体的前期变体。英语没有曲折成分，由于"缺少类似的曲折词尾"，大多数翻译和模仿但丁作品的人，为了保留押韵，必然牺牲但丁风格中口语的洗练和严肃的崇高。艾略特牺牲了押韵，取而代之的是交叉采用阳性词和阴性词来结尾，他保留了这种诗体本质上朝前运动的特征，同时不损害话语的直接和自然。

是,在《燃毁的诺顿》第二乐章中,第二部分是高度抽象的哲学沉思;《东库克》和《干塞尔维其斯》中第二乐章第二部分是与个体相关的反思,相对而言,前者更强调个体命运的反思,后者更强调人类命运的反思;《小吉丁》第二乐章第二部分比较特别,是针对具体场景的反思。

《四个四重奏》里每首诗第三乐章,我们不大会想到音乐的类比。第三乐章是每首诗的核心,从中生长出和解:它是一种探索,糅合了一二乐章的观念。这个乐章的结尾,特别是在《东库克》和《小吉丁》中,我们的耳朵为抒情性的第四乐章做好了准备。在《东库克》第三乐章中那个重复的圆周段,我们像是默然伫立,等待事件发生,等待节奏爆发,它让我们想起贝多芬喜欢的两个乐章之间的过门。这里的暂停效果,犹如我们听贝多芬小提琴协奏第二乐章的感觉,寻觅通向回旋曲节奏的道路。但是,这个乐章本身的结构并不固定。《燃毁的诺顿》第三乐章分成两个段落,划分的标准是观念的变化,但诗体没有变化。《东库克》第三乐章出现了情感的变化,但没有以此分段。这个乐章捕捉到情感的变化之后,诗体相应出现了转换。这种情感的变化是"袭上"心灵的变化:"于是黑暗将是光明,静止将是舞蹈。"此处的节奏有变化,但没有分段,诗体从每行六次重读转到四次重读。然后,在一次暂停后,出现了"过门",我们在此等待节奏坚定、抒情味浓厚的下一乐章回应它的"要求"。《干塞尔维其斯》第三乐章没有真正的分段;但其中有气质的变化,从反思到劝告,这种变化体现于节奏的相应变化,诗体从犹疑的每行六次重读到坚定的每行四次重读。《小吉丁》第三乐章有明确的分段,艾略特从对个人的沉思转向对历史的沉思。艾略特在此用了每行三次重读的漂亮诗体,此前,这种诗体是《四个四重奏》里每首诗第五乐章结尾的专用诗体。

《四个四重奏》里每首诗第四乐章是一个简短的抒情乐章。作为结束的第五乐章联系个人经验和历史事件总结了每首诗歌的主题,解决了第一乐章中的冲突。每首诗歌中的第五乐章都分成两个部分,但划分没有第二乐章那么明显,并且安排的顺序有所不同。第五乐章的第一部分是口语体,第二部分是抒情体,但这两部分之间没有明显断裂的感觉,因为韵律基本上相同,只是诗行长度收缩,意象接二连三地复现。每首诗第五乐章最后的几行用不同的方式回应了第一乐章的开头，或者利用其他诗歌的意象，构成一个凝重的结尾，有时会加一丝甜蜜的抒情色彩。

　　如果我们考虑到《荒原》更大的时空，本质上是戏剧化的表现手法以及众多的人物形象，那么我们会发现，它也采用了同样的四重奏结构模式。《荒原》中第一首《死者葬仪》虽然不只包含两个命题，但形式上它是对于人和经验的一系列情感对照，背后有着共同的恐惧语调。《弈棋》是《荒原》中第二首，其开头用十分诗意的笔法精心刻画一个正在梳妆的女士，这个部分就像伊丽莎白时代后期戏剧的固定套路。与此开头形成对照的是，在这首诗的结尾，娄和友人在旅店晚上即将关门时的粗俗对话。但是，这一头一尾风格的强烈对照，只是让她们形象背后厌倦和恐惧这些相似的情绪和死气沉沉这个共同的主题变得更加明显。这首诗的结尾挪用了《哈姆雷特》第四幕第五场中奥菲丽娅的台词："明天见，好太太，明天见。"这里就好比《四个四重奏》里每首诗第二乐章结尾处意象的回归，只不过此处是反讽的效果。《火的布道》是《荒原》中第三首，也是《荒原》的核心，其中我们会感觉到压力释放之后，身心获得解放的时刻。这种转变来自想起另一个世界，而不是忒瑞西阿斯看见的那个大蛇盘绕的恐怖世界。这首诗开头所唱的婚曲"东西方苦修的搭配"是在影射佛陀。这一影射预示了《干塞尔维其斯》第三乐章中使用印度的《薄伽梵歌》。《水里的死亡》是《荒原》第四首,与《四个四重奏》里每首诗第四乐章一样,这是一个简短的抒情乐章。《荒原》中第五首《雷霆所说的》,尽管本质上比《四个四重奏》里每首诗的第五乐章复杂得多,但解决冲突的功能却是一致的。它也回到《荒原》中第一首《死者葬仪》的许多主题,让我们想起其中的人群,也想起《弈棋》和《火的布道》中出现的个体。它再次表达了生死的主题。

尽管《荒原》的结构和《四个四重奏》根本上相似,但是很显然,《四个四重奏》的结构形式要复杂得多,无论是作为一首诗的《四个四重奏》,还是其中独立的四首诗歌,都依靠四重奏的形式,而《荒原》不是这样。正如威斯顿小姐指出,在《荒原》中,艾略特运用圣杯神话,作为假装的主题或出发点。《荒原》的统一性不是靠形式,而是靠这个潜在的神话。诗里不断地隐射这个神话,各种事件和人物都予以了证明。但在《四个四重奏》中,整首诗歌的标题没有告诉我们它的主题,包含的四首诗歌的标题也很少告知它们的主题。这些诗歌不是"书写地方",尽管它们的主题与特定的地方有关。* 如果有人问我们,我们也无法指出任何书籍供参考。圣十字约翰的作品虽与《四个四重奏》有关,但它帮不了读者,不像《金枝》或《从仪式到浪漫》,用艾略特的话说,能够帮助"厘清"《荒原》的"难点"。我们不妨这样总结《四个四重奏》,说它是对时间中之存在的一系列沉思,它从一个地方和一个时间点开始,然后回到另一个地方和另一个时间点,想在这些地方和时间点中发现一种经验的意义和内涵,什么导致了这种经验,从这种经验中可以得出什么,我们给经验带去了什么,经验给我们带来什么。但这样的总结总是简略而

---

* 我遇到过东库克的一个村民,他对这个美丽的地方充满感情,这当然可以理解。他对我说:"说实话,我认为艾略特的这首诗对这个村子的书写不公平。"我要是暗示,艾略特并不是真的想那样,这难免伤害他作为本地人的自豪感。因此,我只好点头称是。

但是,如果不承认这些标题是地名,也可能会引起误导。比利时评论家皮埃尔·梅西安在《研究》(1948 年 12 月)中就表示:"我猜,《四个四重奏》最后一首诗标题中的小吉丁是一个对艾略特来说非常重要的小男孩的名字。"但他对这首诗歌"意义"的总结并没有暗示,仅仅这样理解标题会对他有多大帮助:"艾略特想要给这个小男孩三个教导:生活是艰难的;生活是由失败和挫折组成的;生活是循环往复、周而复始的。总之,生活的真谛在于火焰和玫瑰合二为一。"

抽象；我们必须用诸如"时间""记忆""意识"之类的语词，它们是与感觉脱节的抽象术语，我们并没有真正把握它们的意义。我们会发现，我们忽略了《四个四重奏》令人难忘的东西。然而，如果讲了"渔王的故事"，我们会引导读者走向理解《荒原》。因此，最好放弃抽象术语，转而考虑形式。正是四重奏形式，《四个四重奏》里的沉思才有了连贯性。四重奏形式是受作曲家的启发。借助不断地偏离和回归，就能探索和定义非常简单的主题。《四个四重奏》的"主题"不是一种观念或一个神话，而是一些基本的象征。这些基本的象征是视为构成人世的四大元素。因此，另一种不那么误导的总结《四个四重奏》的方式是说：《燃毁的诺顿》的主题是"气"，"气"看不见摸不着，但却是交流的中介，没有空气，也就产生不了话语[*]；《东库克》的主题是"土"，我们起于尘，归于尘；它书写了"粪便和死亡"和

---

[*] 在诗作《狂喜》中，多恩提到了空气是沟通的必要媒介："要是不先在大气中留下印记，／ 上苍怎会对人产生影响。"我在本章题记中引用了约翰·戴维斯爵士作品《管弦乐》中的诗行，在同一个语境，还有两行对空气的议论："到底什么是呼吸、话语、回声、音乐、风？／ 它们难道不是空气的不同舞蹈形式而已？"

恶心的肉身；《干塞尔维其斯》的主题是"水"，希腊思想家认为水是诞生出世界的基本物质，我们总认为水包围着大陆，限制和侵占着大陆，水无边无际*；《小吉丁》的主题是"火"，火是最纯净的元素，有人认为世界会毁于火，火会吞噬和净化一切。因此，我们可以总结说，《四个四重奏》的主题是四大元素，它们神秘的和谐统一创造了生命。我们也可以指出，《四个四重奏》里每一首诗，都包含了四大元素。或许还可以补充一句。有人认为，还有一大元素存在，它没有命名，但潜藏于万物之中：那就是精华，精华是生命的真正原理，这种没有命名的原理就是《四个四重奏》整首诗的主题。

借助形式和这些简单的隐性象征，艾略特不但找到了困扰他作为诗人的问题的独特解决办法，而且找到了困扰《四个四重奏》这首长诗的问题的解决办法。这种解决办法可能深刻影响后来的作者。他把《四个四重奏》从依赖一个只能用抽象术语表达的主题中解放出来。在抒情诗，特别是短小的抒情诗中，要说主题

---

* 只要看一眼早期地图集，就会知道多少人本能地相信海洋是"大陆的边缘"。

不能与诗歌脱节,这种说法大致正确;但沉思性的长诗,通常必须找到一个可以与诗歌脱节的主题,尽管诗歌本身对于如此脱节并无任何兴趣。比如,我们可以"总结"卢克莱修《物性论》的"观点";我们可以根据《序曲》得出华兹华斯的生平;我们可以"追踪"丁尼生《纪念》中"思想的发展"。但对于《四个四重奏》,我们不能总结其观点,也说不清"发生的事件"。艾略特给我们的不是一首论证哲学观点的诗,尽管这首诗里包含了哲学观点。他或许会同意济慈的自白:"我一直不明白,如何用连环推理来认识某种东西为真。"他没有用自传叙事形式讲述"一个诗人心灵的成长",尽管这可能是《四个四重奏》的副标题。利用自传叙事的框架,难度在于,现在总是跑到前头。《项狄传》和《爱丽丝漫游仙境记》都向我们表明,一个奔跑的人要保持在同一个位置有多么难。那些开始时想告诉我们是什么带他到"此时此地"的诗人,结果快到结束的时候,已经到了彼时彼地。自传叙事的诗歌不可能有真正的结尾。放弃了自传叙事,艾略特在酝酿《四个四重奏》时就能够轻易而贴切地纳入未来的经验。这首诗歌与诗人艾略特一同成长,随着时空的改变而改变,其成长速度没有超过原计划。《燃毁的诺顿》发表在一九三六年出版的《诗集》。艾略特当时宣布，这是一组四重奏的开端。在创作《家庭团聚》时，这个写作计划似乎抛到一边。《东库克》直到一九四〇年的耶稣受难节才发表，正逢其时。其中这一行诗：

这样，为了恢复，我们的病情只能加剧，

And that, to be restored, our sickness must grow worse.

在那个等待的时刻似乎具有预言性，那时战云密布。《干塞尔维其斯》发表时，大西洋上的战争打得正酣。没有扭曲最初的目的，《小吉丁》包含了一次伦敦空袭和肯辛顿的一次监狱巡逻。但是，尽管《四个四重奏》和丁尼生《纪念》这样的精神日记有类似的力量，包括了相关的当下经验，它却没有日记散漫和缺乏焦点的弱点。日记可以给我们进步感和成长感，但没有内含于开始之中的终结感，而是必然的成长感；日记有叙事的兴趣，却没有情节带来的深层次愉悦。在依赖于心灵每日成长的长诗中,部分似乎大于整体,即便丁尼生的变化能力,也难以挽救《纪念》作为整体免于生活的单调,也难以给予其艺术的连贯性。《四个四重奏》的形式将生活化为艺术而非思想,给了我们开始感和终结感,我们感到主题得到充分演绎,这在长诗里是罕见的。各个部分有机组合起来,而一组十四行诗或一组重复诗节做不到。四重奏形式的严格限制为这种自由处理提供了可能。艾略特可以说他想的东西,因为他必须用这种方式言说。我能想到最贴切的类比是古希腊的品达颂诗。艾略特或许可以说成功地找到了此前英国诗人想找的东西,即为这种正式的颂诗找到一种合适的英语诗体。在这里,正如在他的诗体实验中,他再次找到了一种适合英语天赋的方式。这种方式塑造了英国人的耳朵,反过来也被英国人的耳朵塑造。我们都知道,英国人的耳朵对于古希腊罗马人喜欢的精致格律极不耐烦。无论从何意义而言,艾略特都没有模仿品达的颂体,但他找到了一种对等物:一种原创的形式,既提供了同样的需要,也带来了同样的愉悦。英语中,严格的品达颂诗不过是在表演精湛技艺,而松散的品达颂诗由于结构形式不足,无法产生愉悦;这种诗体无法引起期待，也没有因满足或吃惊带来的愉悦。四重奏的形式，虽有近乎无穷的变形，却有一个固定的形式基础，凭借这个基础，我们能够辨认出变形。

但是，我们越熟悉《四个四重奏》，我们越会意识到，这种与音乐的类比，不仅是用四重奏的乐章与各个部分比较，或者说，不仅是辨认出四大元素是"主题"。诗歌中对意象的运用，让我们时刻想起音乐。这些意象反复出现，每次出现都有变化，要么因为语境，要么因为与其他反复出现的意象结合，正如音乐中的乐句改头换面反复出现。这些反复出现的意象，如同基本的象征，我们第一次碰到它们时，平凡、明显而熟悉。它们再次出现时，会改头换面，正如一个乐句，我们听到在不同的乐器上演奏，或者用另一个调式演奏，或者与其他乐句混合或组合，或者以某种方式扭转或倒置。一个简单的例子是《燃毁的诺顿》结尾处的一道"阳光"。这个意象在《空心人》中以初级的形式与摇晃的树和风里的歌一起出现：

那里，眼睛是
一根断裂的柱子上的阳光

那里,是一棵树在摇晃

而种种噪音是

风里的歌

比一颗消逝中的星

更加遥远,更加庄严。

There, the eyes are
Sunlight on a broken column
There, is a tree swinging
And voices are
In the wind's singing
More distant and more solemn
Than a fading star.

在《燃毁的诺顿》的结尾,一个"幸福的时刻"——在
《干塞尔维其斯》中定义为"突然的洞明"——具体化为
一道改变了世界的"阳光"意象:

突然,一道阳光下

甚至尘土还在微扬时

绿叶中嬉戏的孩童

传出隐藏的笑声

快些,现在,这里,现在,永远——

可笑,那浪费了的悲哀时间

在前和在后展开。

Sudden in a shaft of sunlight
Even while the dust moves
There rises the hidden laughter
Of children in the foliage
Quick now, here, now, always —
Ridiculous the waste sad time
Stretching before and after.

这是对《燃毁的诺顿》所写内容的具体而最终的总结；
但它让我们想起,第一乐章后半部分用不同的节奏和
不同的描述性伴奏带给我们的经验,当时,阳光突然穿
过云层,废弃的花园似乎一下子有了生机：

池子干了,干得结结实实,边缘棕黄,

但在阳光下,池里似乎充满了水,

荷花静静地、静静地升起,

在阳光的中心,水面闪闪发亮,

他们在我们身后,也映在池水中。

接着一片云彩飘过,池子空了。

Dry the pool, dry concrete, brown edged,

And the pool was filled with water out of sunlight,

And the lotos rose, quietly, quietly,

The surface glittered out of heart of light,

And they were behind us, reflected in the pool.

Then a cloud passed, and the pool was empty.

在《燃毁的诺顿》结尾,一道"阳光"的意象再次改头换面出现,确立了最初经验的有效性。这个意象在第一乐章的出现似乎短暂而虚幻,但它并没有被丢弃。它一直留在心中,最终还会出现。尽管

时间和钟声埋葬了白天,

乌云带走了太阳。

Time and the bell have buried the day

The black cloud carries the sun away,

但当这一道"阳光""突然"降临,正是时间,看起来虚幻。

当我们在《干塞尔维其斯》的结尾碰到它时,这一道"阳光"的意象似乎有了相当不同的意义。在这里,"阳光"意象和《东库克》中的意象——"隐蔽的野麝香草"和"冬日的雷电"——连用,也失去了"突然"性:

> 对于我们大多数人,只有那未受注意的
> 时刻,在时间之内和之外的时刻,
> 让人分心的一阵子,在一道阳光中消失,
> 隐蔽的野麝香草,或冬日的雷电,
> 或瀑布、或音乐,听得这样投入
> 于是根本未听到,但你就是音乐
> 只要音乐存在。只有暗示和猜测,
> 紧接着暗示的猜测,其余的
> 是祷告、遵守、纪律、思想和行动。

> For most of us, there is only the unattended
> Moment, the moment in and out of time,
> The distraction fit, lost in a shaft of sunlight,
> The wild thyme unseen, or the winter lightning
> Or the waterfall, or music heard so deeply

That it is not heard at all, but you are the music

While the music lasts. These are only hints and
    guesses,

Hints followed by guesses; and the rest

Is prayer, observance, discipline, thought and action.

这里,艾略特借助语调,借助与"阳光"相联系的自然意象,借助"让人分心的一阵子"这个短句,借助梦幻般的舒缓节奏,似乎在暗示,我们不必依赖,甚至不必太指望这些时刻,只需要在它们到来时,当作礼物用感恩的心情接受。《干塞尔维其斯》是一首写凡人的诗歌;它的宣告是平常的宣告,宣告危险、灾难和死亡。它不是写天赋卓越之人;虽然提到了圣徒,但最后还是回到没有获得特殊启示的"我们大多数人",除了给所有人的圣母节领报。"阳光"意象在这里很柔美;没有附加意义的重量。*

---

* 十四世纪末人们对神秘主义兴趣甚浓。那时,沃尔特·希尔顿写作了一部《天使之歌》。他没有否认,一些人可能真正听到神奇的歌声,尽管他也坦白说,许多人认为他们听到了,但是受骗了;他结尾的一句话和《干塞尔维其斯》的结尾部分同样谦卑:"我主要与真理一起生活,而不是靠感觉生活,这让我心满意足。"

在《小吉丁》的开始,"阳光"意象完全变形;它有特殊的限定,与特定的季节相联,有详尽的细节描述。它也变得非人化。创造了"冬天一半时分的春天"的冬日阳光,不是一种暗示或猜测,不是一种猜想尾随的暗示,也不是一个几乎难以定义的幸福时刻。它很短促,像是一场梦;它是启示,强烈明亮如天启:

> 短促的阳光闪耀在冰上、池上和沟上,
> 在那是心之炎热的无风的寒冷中,
> 倒映在一面似水的镜子里,
> 早中午时,一道让人什么都看不见的强光。
> 火焰比树枝和火炉燃出的火更强,
> 拨动麻木的精神:无风,但圣灵节之火
> 燃在一年中的黑暗时刻。

> The brief sun flames the ice, on ponds and ditches,
> In windless cold that is the heart's heat,
> Reflecting in a watery mirror
> A glare that is blindness in the early afternoon.
> And glow more intense than blaze of branch, or
>   brazier,

Stirsthe dumb spirit: no wind, but pentecostal fire
In the dark time of the year.

前面三个四重奏里的"阳光"最后化为了"严霜和火焰",变成了"白炽的恐惧之焰"。

我们阅读《四个四重奏》越深入,这些反复出现的意象在我们脑海里就扎根越深。借助意象及其变形,我们能够理解不断衍变的主题。比如,《灰星期三》中最后三首诗,多次出现"紫杉"。在《四个四重奏》里,这个意象只出现了三次,但每次出现意义都有很大变化。在《燃毁的诺顿》第四乐章中间,"紫杉冰冷的手指"这行诗隐约有不祥之感,那是死神擦面而过的感觉。在《干塞尔维其斯》的结尾,"离紫杉不是太远"这行诗却给了我们安全感。"紫杉"是教堂中熟悉的树木,既象征死亡,也象征不朽,在紫杉的树荫之下,逝者可以长眠。然而,在《小吉丁》的结尾,"玫瑰的时刻和紫杉的时刻"这行诗,把对爱的感悟和对死亡的感悟联系在一起,两种感悟似乎都正确,都是对人生的感悟。

正如意象和象征,某些语词也同样反复出现。每次重新出现,意义都得到深化或丰富。实际上,总结

《四个四重奏》的另一种方式是说，它在探索某些语词的意义。这些语词和前面列举的意象和象征一样，也是普通的语词，我们习以为常的语词。或许，最先用重复的形式给我们留下印象，每次都有特殊意义的语词，是"终结"和"开始"，它们有时结伴出现，有时分开出现。"终结"第一次出现，是在《燃毁的诺顿》的开头：

> 那本来可能发生的和已经发生的
> 都指向一个终结，终结永远是现在。

> What might have been and what has been
> Point to one end, which is always present.

这里，"终结"明显不只是"结束"之意，但我们不太确定它还有多少别的涵义。甚至在第一乐章结尾重复这两行诗时，"终结"的意思依旧不清。直到第五乐章，当它与"开始"连用时，在这个关于形式和格律观念的语境中，在我们看到貌似悖论的说法之后，我们才开始确定它意指"完成""目的"或"终极因"：

或者说，终结是在开始之前，

而终结和开始都一直存在，

在开始之前和终结之后，

一切始终都是现在。

Or say that the end precedes the beginning,
And the end and the beginning were always there
Before the beginning and after the end.
And all is always now.

在《东库克》中，开头一句"在我的开始是我的结束"，
倒置了玛丽·斯图亚特女王座右铭的顺序，将重点置
于"开始"。这首诗也以这个语词结尾。如果说，在《燃
毁的诺顿》中，正是"终结"才是我们一直所念，"开始"
这个语词似乎主要用来赋予"终结"以意义，那么，在
《东库克》中正好相反，这是一首关于"开始"的诗歌。
不过，在《干塞尔维其斯》中，"开始"这个语词根本没
有出现，"终结"这个语词只在否定句中出现了一次。
在第一乐章的结尾，我们听到那些失眠女人的声音：

在午夜和黎明中间,那一刻过去尽是欺骗,

未来没有将来,在早晨的钟点前,

时间暂停,时间从不终结。

Between midnight and dawn, when the past is all
    deception,
The future futureless, before the morning watch
When time stops and time is never ending.

时间只是暂停,不是"终结";暂停的时间和继续的时间,意义一样。因为要有一个"终结",肯定就有一个"开始",不存在没有终结的开始。在《干塞尔维其斯》第二乐章中用六行诗体写成的部分,"终结"这个语词一再重复,但只是在提问"哪里这一切有个终结?"和否定的回答"没有终结"中,直到这个部分最后一行诗,才指引我们前往追寻"开始"和"终结"的地方。在《小吉丁》中,这两个语词不仅反复使用,还使用了它们的同义词,随意挑拣其一,在新语境中赋予新意,转化成意象。《干塞尔维其斯》中拒绝提到"开始",相应地也就否定了"终结"。正是有此衬托,"开始"和"终结"在

《小吉丁》里再次出现,也就显得特别感人。作为《四个四重奏》开始的《燃毁的诺顿》中试探性提出的观点,在作为《四个四重奏》终结的《小吉丁》中带着自信的肯定归来:

> 我们称为开始的经常是终结,
>
> 做一次终结就是做一次开始。
>
> 终结是我们出发之处。

> What we call the beginning is often the end
> And to make an end is to make a beginning.
> The end is where we start from.

用对比方法细读,让心灵敏感捕捉语词的复现——不仅是"终结"和"开始","运动"和"静止","过去""现在"和"未来"等语词的复现,还有普通的介词和副词如"前""后","这里""那里","现在"等的复现——《四个四重奏》似乎不只把意象和象征当成"主题",还把一些常用词当成"主题",这些常用词本身不带任何意象,即使可与各种意象连用。它们如意象一

样有同样的演变。《燃毁的诺顿》结尾这行诗

快吧现在,这里,现在,永远——

Quick now, here, now, always —

若是没有任何语境,就像莎士比亚《李尔王》中台词

绝不,绝不,绝不,绝不,绝不。

Never, never, never, never, never.

若单独抽出来看,则既无意义,也无诗意。但是,当这行诗在《小吉丁》临近结尾时再次出现,它给了我们对《四个四重奏》最强烈的一次诗歌体验。经过了所有的变化和转向,所有的讨论和发展,艾略特再次,也是最后一次向我们点明主题。这个主题用尽可能短的方式交代,不用任何修饰语。瞬间,我们意识到,主题就那么简单,我们也一直知道它。这是终结,但我们也回到了开始;我们先前看到过这个答案,我们现在辨认出它

是唯一的答案。

这种用音乐形式来处理意象、语词和小句,从而带出潜在的意义和不同的重要性,应会打消读者把《四个四重奏》中的象征意义固定下来的想法。《四个四重奏》不必读作像是讽喻,我们先"搞清 x, y 和 z 的意义",再搞清整首诗的意义。在这里,我们不必寻找象征意义和精确对应,因为意象在语境中似乎有特殊意义,所以每次出现,我们不必强加同样的意义。显然,《东库克》的"海洋"与《干塞尔维其斯》的"海洋"意义不同。阅读这类诗歌时,不太关心"意义"好过太关心意义。即使有些段落的意义显得飘忽不定,让我们觉得"摸不着头脑",这时我们应该继续读,最好大声读;因为音乐和意义在"交叉点"出现,在整首诗的变化和运动中出现。我们必须在阅读中寻找意义,而不是在任何告诉我们玫瑰或紫杉"象征"什么的答案中,或者在任何思想体系——无论是前苏格拉底的思想还是基督教的思想——的总结中寻找意义。用这种方式阅读,我们可能错过局部详细的意义,但诗歌的总体节奏不会丧失。渐渐地,这些困难部分会变得容易理解。事实上,要阅读《四个四重奏》,我们必须先要有整体感,然后才能充分理解各部分的意义。是否知道典故的出处,完全不重要。不需要原初语境知识来为新语境助力。艾略特表示,要理解《荒原》,有必要注意他指引的那些典故。但我们读到《东库克》中下面几行诗时,

有一个时间让风来粉碎松动的窗玻璃,
来晃动田鼠踩踏的护壁板,
来抖动无声的箴言织成的破花毯。

a time for the wind to break the loosened pane
And to shake the wainscot where the field-mouse trots
And to shake the tattered arras woven with a silent
motto.

我们不需要想到丁尼生的《玛丽安娜》。如果我们意识到,艾略特在影射这首他喜欢的诗歌,辨认这点当然快乐,但对如何理解这栋败落的屋宇在此诗中的涵义没有任何帮助。同样,在《小吉丁》第三乐章后半部分开头,"Behovely"(必需的)这个英语单词的首字母是大

写,采用了古语的形式拼写,意在告诉我们,"罪是必需的,但是 / 一切将会变好, / 还有所有的事情都将变好"这几行诗是引用的名言,要注意到它们的权威性。艾略特用名言代替自己的话,因为名言更有表现力。知道这句名言出自英国神秘主义者朱利安,对于理解《小吉丁》也没有特别的帮助。

用这种方式阅读《四个四重奏》,留意来自"交叉点"——在这些交叉点,语词与语词,小句与小句,意象与意象,相互联系——的"音乐意义",我们意识到,尽管艾略特可能给予其他诗人用于自己意图的一种形式,尽管他对意象和语词的运用可能向后来者暗示了诗歌主题发展的方法,但《四个四重奏》依然是独特的,本质上不可模仿。在《四个四重奏》中,形式是内容的完美具现,以至于我们最终难以辨别形式和内容。整首诗歌在其统一性上比任何一行或一段更加雄辩地宣示,真理不是一次演算的终极答案,不是一次论证的最后阶段,也不是一劳永逸告诉我们、我们余生再去例证的东西。《四个四重奏》的主题是真理,它与我们寻找它的方式密不可分,它与我们在其中找到它的那种生活密不可分。

三　诗意的交流

虽然道对所有人都是共同的，
但大多数人活着，仿佛每个人对此
都有自己独特的理解。

赫拉克利特

　　许多读者在《四个四重奏》中感到的难度或晦涩，
其实是主题所固有，不是诗人故意为之。艾略特不是
故弄玄虚，也不是说为了少数受过专门训练的精神同
道而写，而是在处理一个极端复杂、不断躲避语词表述
的主题。正如艾略特说，他"专注于非语言所能及的意
识前沿，尽管那里仍有意义存在"。《四个四重奏》的批
评家面临的问题，恰如音乐批评家在贝多芬后期四重
奏中面临的问题。贝多芬的后期四重奏似乎想表达某
种甚至音乐都难以诠释的东西，它们引诱想要去分析

的人使用看起来远离音乐的语言。艾略特的心底没有一种可以十分简单表达，但现在故意掩饰的思想或观点。《四个四重奏》里的诗歌不是从一个知识立场或者一种真理出发。它们开始于一个地方和一个时间点。真理的意义在写作过程中和阅读过程中得以发现。每首诗歌把前面的内容聚拢到己身，随着整首诗的进程，交流变得更加容易。艾略特在走向意义，不是从意义出发，若把《小吉丁》和《燃毁的诺顿》对观，就会发现《小吉丁》简明得多。《燃毁的诺顿》单独发表时，看起来简直晦涩难解，但我们读完后面的三个四重奏，它就容易理解得多。相比之下，《小吉丁》可以单独理解，不用参考前面三个四重奏，尽管它为之做了完美收官。《四个四重奏》里有一个进程，走向"轻松的交流"，自由的交流。这种进程并不必然使简明的《小吉丁》比晦涩的《燃毁的诺顿》成为更好的诗歌，但它的确给我们一种完成的感觉，也就是说，将要表达的东西最终表达出来。

《四个四重奏》里的进程，是从抽象的思想和强烈的个人经验——这种经验属于个人私有，几乎难以变成非个人化的东西，所有人心里都有这种不可交流的经验——到时空和环境中具体的、既定的东西,到人们在一定程度上可以相互分享的普遍的、共同的经验。在《燃毁的诺顿》中,具体的地点难以说清。有论者指出,地点是一个十七世纪的花园宅邸,但就我对这首诗的理解,它可能是英国任何一家花园宅邸。我们可以信步入内,对以前住这里的主人顿生一阵好奇。诗里没有暗示,这家宅邸有任何特别的美感或兴趣。它只是传统的花园宅邸,如今早已废弃。* 我们不清楚,其中多少细节是回忆,多少是可能的想象,多少是当下的外部事实。这是一首关于我们"私人世界"的诗歌。在这个私人世界中,或然的东西与过去真正发生的事情一起留在意识里;无名的人们在一个陌生的宅邸中实际过的生活,与我们和家人假如阴差阳错在那里可能过的生活,同样真实。** 这个"私人世界",对于我们每

---

　　* 我强调这点,因为在一篇写于《小吉丁》发表之前、刊于《新写作与日光》(1942 年夏)的文章中,在讨论《东库克》和《干塞尔维其斯》的类比时,我错误地暗示,《燃毁的诺顿》中的花园宅邸也可能与艾略特的家有联系。这种暗示来自我对《燃毁的诺顿》不完整的理解。我希望,即便没有接到艾略特的来信纠正,我也能及时意识到错误。

　　** 比较《家庭团聚》中哈里的这段话:"我不在那里,你也不在那里, / 只有我们的幽灵在那里 / 没发生的事情与发生的事情一样真实 / 哦,亲爱的,你从那个小门走过 / 我跑过来玫瑰园里与你碰面。"

个人来说如此真实,难以与人交流;它深藏在我们人格面具之后,他人只熟悉我们的人格面具。这种交流的困难折射于人称代词使用的不确定性。艾略特主要使用集体性的复数形式,如"我们"(we ／ us)或"我们的"(our)。"我"(I)只使用了两次,每次使用时,都信心不足,用的是近乎否定的陈述。第一次出现在第一乐章:

我的话这样

回响,在你的头脑中。

但扰乱一盆玫瑰花

叶瓣中的泥土有什么用,

我不知道。

My words echo

Thus, in your mind.

But to what purpose

Disturbing the dust on a bowl of rose-leaves

I do not know.

第二次出现在第二乐章:

我只能说,我们曾去过那里:但说不出到底
    哪里,
说不出多长时间,因为说了,就是把它放在了
    时间中。

I can only say, there we have been; but I cannot
    say where.
And I cannot say, how long, for that is to place
    it in time.

然而,在《东库克》中,与标题同名的村庄得到描写,诗
中能强烈感觉到某个人在说话。我们知道他的家世,
知道与他一起生活的村民。在第五乐章开头,我们毫
不怀疑这是诗人的声音,因为他直接对我们谈起了自
己:"因此这里就是我,在中间的路上。"《东库克》中的
"我们"是用来表达从个人经验中抽取出来的普遍经
验,不是为了逃离个人经验。第一乐章中的"你"——
"如果你不是走得太近,如果你不是走得太近"——是
单数。这是诗人在对一个听者或读者说话。《东库克》
是《四个四重奏》中最具个人化的诗歌,最关心"我"。

这个"我"是有一定历史的某个家族的一员,他在某时和某个特定的情景中想写诗。相比之下,《干塞尔维其斯》似乎最具普遍性。它第一乐章开头"关于众神,我知道得不多",使用了单数人称,然后立刻转向使用复数人称。尽管在第三乐章开头"我常常想,克里希纳的意思是否就是这样"再次迟疑地使用了单数人称,但这个乐章也很快转向复数人称。《干塞尔维其斯》典型的人称代词是"我们",第三乐章中言说的对象是复数的"你们"。这首诗充满了匿名的群体,如渔民、海客、焦虑的女人、坐火车或飞机的乘客。我们不会认为,他们每个人特定的命运就是共同的命运,诗人自己也隐藏在芸芸众生之中。但在《小吉丁》中,艾略特轻易地从单数人称转到复数人称。在第一乐章,他使用了熟悉的单数人称:

如果你从这条路来,

挑选你可能会挑选的途径,

If you came this way,

Taking the route you would be likely to take,

在这里,他在对我们每个人说话,然后从第二乐章中我与某个"逝去的大师"的对话,转向第五乐章中自然运用复数人称。在《四个四重奏》中最后这首诗,交流似乎完全建立起来,时间和地点得到充分而生动的描写,提到的人物不只是诗人家族的成员或《干塞尔维其斯》中庞大的无名人群,还有历史人物,他们对于诗人和我们有着同样意义,他们的生平和行为对诗人和我们都有深刻的影响。《小吉丁》没有典型的人称代词;像在对话中一样,艾略特自信地从一种人称转到另一种人称,或者像在《东库克》中使用的办法一样,借助"某"(one)这样模糊的人称代词来故意躲避使用单数或复数人称。

从《燃毁的诺顿》到《小吉丁》,人称代词运用的变化标志着艾略特写作的难度。他在书写宗教经验,书写心灵如何发现宗教真理,对我们来说阐释了我们全部人生经验的真理。但他的写作是在这样一个时代,没有普遍的信仰,甚至没有广泛认同的有意识的信仰;对于一个诗人来说,更加致命的是,这个时代没有共同接受的崇拜传统,表现于熟悉的仪式和礼拜,因为诗歌与崇拜的共性超过与哲学和神学的共性。艾略特的困境从他引用的一句希腊名言中可以管窥。赫拉克利特的名言是《四个四重奏》的题记之一,我把它用来作为本章的题记:"虽然道对所有人都是共同的,但大多数人活着,仿佛每个人对此都有自己独特的理解。"如果诗人从自己独特的理解出发言说,每个都有自己独特理解的读者,怎么能够在他的诗里找到"对所有人都是共同的""道"?今日的宗教诗人不能依靠宗教意象和宗教象征作为共同的基金,不能依靠礼拜术语和圣经名言。每个读者对这些东西都有自己独特的理解,融入了自己独特的经验。这些东西即使还没有成为各自独特的理解,在今日的环境中至少也是一种小圈子的理解。如果说,兰格伦在《农夫皮尔斯》中还可以借助来自《日课经》和弥撒的拉丁文——它们为其读者提供了连续的参照点,读者可以跟随和分享兰格伦大胆的推测和具有强烈个人色彩的观念——召唤读者共同的宗教情感,那么,现代诗人要是运用与读者不能共享的信仰相联系的语词和象征,很可能会疏离许多读者。一个语句对他来说有意义,对那些在同样的语境下习惯使用或听说过它的人来说有意义,在另一些人看来,可能只是虔诚的行话。基督崇拜和祈祷的传统语言,与今日诗文中最生动有力的语言已经断了联系,使得运用礼仪术语显得突兀。这样的时代写出的赞美诗，唱出来时无不显得尴尬；在创作连祷文时，在为邦国重大时刻制作特用短祷文和礼乐时，显示出无法熔铸传统和现代的语词和节奏。时代已然不同，诗人再难无意识地运用圣经和祈祷文的语言。在《灰星期三》中，艾略特用兰格伦的方式，利用了教会的经文和经书中的话语。但这是很值得怀疑的，除了对少数读者，它们是否完成了合适的诗歌功能。我认为，大多数读者会认为它们在制造麻烦，不会带来真正的祈祷和崇拜的联系，只是暗示传统的宗教术语而已。* 《四个四重奏》中的方法完全不同，正如人称代词运用的敏感变化向我们表明，艾略特感觉到他正走向与听众或读者的亲

---

* 《灰星期三》中交流的失败，我有一个最好的证据。一次茶会上，一个同事说，这首诗第三部分结尾的重复总让他想起，一个深夜回家的酒鬼一边上楼一边嘟囔。当场就有人反驳说："那是弥撒圣典中的一个句子。"我的同事说："你怎么认为我会知道：它对我没有任何意思。"另一个人问："你应该知道它出自新约吧？"我的同事回答说："是的，许多话说到底都出自圣经。"即便对于接受基督教信仰的人，《灰星期三》中的一些诗句也没有产生它们应有的效果，因为要感觉到它们的力量，需要像艾略特一样，在同样的语境习惯使用它们。我有时觉得，只有在施洗时获赠了那本流行的《圣斯威辛祈祷书》之人，阅读《灰星期三》时才会用一种自然的方式回应诗人的意图。

密关系。同样,他运用特定宗教色彩的语词和象征显示出审慎的关心。除了在每首诗的抒情性第四乐章,他只是在一些高潮时刻使用宗教语词和象征,它们在那里的出现具有醒目的效果。

在《燃毁的诺顿》中,诗人故意放弃了他可能从教会的话语中获得的任何帮助,极力召唤我们每个人的"独特理解"。《燃毁的诺顿》中的经验可以用宗教来阐释,可以用宗教话语来表述,艾略特却没有提供任何宗教阐释,也没有利用任何宗教话语,直到将近结束,才以插入语形式,谈到"沙漠中的道",指引我们参照《约翰福音》第一章,暗示耶稣在荒野中受到诱惑的故事。但这里的效果与《灰星期三》中不同。在《灰星期三》里,个人的沉思转化为教会永恒的祈祷。在《燃毁的诺顿》这里,更像是两个世界突然短暂接触,我们看见艾略特用另一种语言在谈论基督徒谈论的东西。他一直在谈论语词。但他突然提醒我们,福音使者圣约翰从希腊哲学中接受了"道"(Word)或"逻各斯"(Logos)的观念,作为万物的起源或根源;基督徒相信,"道"变成了肉身,"道"(Word)和"语词"(word)一样,都受制于时间中生命的张力。在《东库克》中,"上帝"(God)这

个强大的语词未加修饰地突然出现了两次;一次是在
第二乐章,诗人说:

> 不要让我听到
> 老人们的智慧,宁可听到他们的愚蠢,
> 他们对于恐惧和疯狂的恐惧,对于占有,
> 属于另一个人,属于其他人,或属于上帝的
> 恐惧。

> Do not let me hear
> Of the wisdom of old men, but rather of their folly,
> Their fear of fear and frenzy, their fear of possession,
> Of belonging to another, or to others, or to God;

另一次是在第三乐章:

> 我对我的灵魂说,静一下,让黑暗降临到你
> 身上,
> 那将是上帝的黑暗。

I said to my soul, be still, and let the dark come
　　upon you
Which shall be the darkness of God.

我们在这里感觉到艾略特不可能用别的语词。他在谈论我们对"他者"的经验。他不可能躲开这个大词。人们用这个大词表达了他们的感受：在他性之后，有一个他者。直到《干塞尔维其斯》，艾略特才使用真正具有基督教意义的语词。第一个是"annunciation"一词。[①]它第一次在第二乐章里出现时，不含特殊的宗教意义，只当普通语词使用：

　　海滩上白骨的祈祷,在灾难
　　宣布时无法祷告的祷告?

The prayer of the bone on the beach, the unprayable
Prayer at the calamitous annunciation;

---

　① "annunciation"这个单词在不同的语境里可以翻译为"宣布""宣告""通告""圣母领报节""天使传报"等。

它第二次依然是普通语词的面貌：

> 静静倾听，听那钟声响起
>
> 在最终宣布，难以否认的喧闹钟声。

> The silent listening to the undeniable
>
> Clamour of the bell of the last annunciation.

直到第二乐章中六行诗体部分的结尾，这个语词才恢复其宗教意义，它大写的首字母暗示了加利利和拿撒勒的圣母：

> 只是
>
> 几乎无法祷告的祷告，在圣母领报节。

> Hardly，barely prayable
>
> Prayer of the one Annunciation.

同样，《四个四重奏》中唯一的神学语词"Incarnation"（化身）也是突然带着不同寻常的力量出现在《干塞尔维其斯》第五乐章：

> 只有暗示和猜测，
> 紧接着暗示的猜测，其余的
> 是祷告、遵守、纪律、思想和行动。
> 半猜到的暗示，半理解的礼物，
> 是化身。

> These are only hints and guesses,
> Hints followed by guesses; and the rest
> Is prayer, observance, discipline, thought and action.
> The hint half guessed, the gift half understood,
> is Incarnation.

这个语词以如此方式出场，本身是一个真正的"交汇点"；对于习惯于沉思神秘性的基督教读者，一种熟悉的学说由此变得陌生，而对于一直带着同情追随艾略特的非基督教读者来说，艾略特用一种他认为陈腐思想的语言和方式暗示出一种可能的新意义。此后，艾略特在《小吉丁》中可以相当自然地利用基督教的生活语言,径直谈论"祈祷""幽静的教堂"和"罪"。*

在《四个四重奏》里每首诗的抒情性第四乐章,正如我们期待,每首诗的感情会结晶成形,要求用具体的话语表达;但甚至在这个乐章,艾略特也是拖到《干塞尔维其斯》才使用崇拜基督的语言。《燃毁的诺顿》第四乐章与神学完全无关,仅仅描写似乎难以言传的经验,作为一种包含期待的宁静。《东库克》第四乐章虽然对我们阐释了十字架的秘密,但它没有用任何宗教术语或比喻,不像前期伟大的基督教神学家,从圣保罗开始,都要用宗教术语或比喻,使十字架的秘密变得容易理解。艾略特在这里没有使用"告罪""赎罪"或"救赎"等大词。我们也没有看到与耶稣受难相关的宗教比喻,没有看到缴纳的赎金或取消的债务等法律比喻。

---

* 《小吉丁》中的"祈祷"(prayer),正如《干塞尔维其斯》第二乐章六行诗体部分最后一节和第五乐章中的"祈祷",都是指宗教练习的祈祷。在《干塞尔维其斯》第二乐章六行诗体部分开头一节,它是一个比喻用法。"prayer"这个单词在六行诗体部分最后一节用法上的改变,类似于"annunciation"一词用法的改变。

我们只看到医院的比喻。普雷斯顿对《东库克》做了详解。[*] 我不想与他的阐释争论，但我认为他的方法有一点模糊了艾略特这首非常动人的诗歌的意图。他说，"**垂死的护士**可以认为是教会中的激进分子"，"**破产的百万富翁**就是亚当"。我对这种说法不以为然，哪怕他拉出艾略特，证明他后一句说得对。我认为，这首诗不是讽喻，这类精确的注释可能破坏其想象力：重申救赎的代价。这里唯一明显的神学话语是"亚当所受的诅咒"，但这毕竟是习惯说法。我们都知道，亚当，也就是人类的缩影，必须为食物劳作，必须死去。这首诗里"炼狱火"等语词不需要精确解释。如果把玫瑰的象征限定在基督教艺术中：

火焰是玫瑰，烟是荆棘

Of which the flame is roses, and the smoke is briars,

---

* 参见雷蒙德·普雷斯顿，《排练四个四重奏》(1947)。

这样精彩的一行诗就不那么生动。这行诗描述了剧痛和狂喜交织的时刻：在穿过窒息的烟雾时，闻到一缕野玫瑰的清香。诗歌中那个"受伤的外科医生"，那个"垂死的护士"，那个"破产的百万富翁"，我认为是同一个人，只不过称谓不同。我想对那些要我解释这首诗的人建议，与其想弄清什么是忘我的同情，什么是帮助和慰藉受难者的能者的受难，什么是无尽的大度，不如去读《以赛亚书》第 53 章和《腓力比书》第 2 章，仔细想想以赛亚"受难的仆人"的说法，想想耶稣"虚己"的教诲。* 我们不需要引入"原罪"这个复杂观念；我们最好是去思考"医院"这个意象的涵义。医院既是死人的地方，也是救人的地方，或许获救就是死亡；每次救过来就是一种形式的死亡；死亡，是我们终极的获救。捐资建立医院可能是伟大的善行，在医院中受苦或帮助受难者，同样可能是爱的行为。病人和医生，护士和弥留者，百万富翁和收容在临时病房里的一贫如洗的乞丐，在诗人笔下的医院里连在一起：一方给予，一方接受。

---

* 普雷斯顿似乎认为，成为百万富翁是邪恶的。或许是这样，但我们认为这里不是在批判资本主义制度，而是指有许多财富。

在这个充满痛苦的地方,一个受伤的外科医生解决了这个谜,否则只是神志不清的恐惧的记录;一个垂死的护士,其权威得到垂死的病人的承认和服从;一个破产的百万富翁,其慈善对于受难者不是冒犯。《东库克》中这个抒情乐章结尾的这行诗"还是尽管如此,我们称这个星期五美好",给了我们同样的震撼,正如《干塞尔维其斯》中使用的"圣母领报节"。这整个抒情乐章向我们表明,"银行休业日"这个普通名字是多么可怕和充满悖论,因为我们不假思索地称耶稣受难和死亡的这天是"美好的星期五",而非"黑色的星期五"。《东库克》第四乐章阐释了它自己的诗句。这一首是写黑暗的诗歌,"应该是上帝的黑暗"。我们发现,《干塞尔维其斯》中使用了基督教术语"圣母领报节"和"化身",它的第四乐章大胆运用了基督教的祈祷语。这是在向"我们的女士"祷告,用但丁的话说就是向"天国之后"祈祷。它不是个人性的祈祷,而是集体性的凡人的祈祷,他们靠信仰生活,他们的人生不是靠任何稀有或奇特的个人经历获得价值,而是靠信仰。这是那些从不祈祷之人的祈祷。再次,《小吉丁》第四乐章又不一样。它开始用了一个圣灵降临节的意象,俯冲的鸽子舌头上喷着恐惧之焰,它继续使用带有正式拉丁语痕迹的语言,让人想起十八世纪的赞美诗风格,但它更接近《东库克》抒情性的第四乐章,而不是《干塞尔维其斯》祈祷性的第四乐章。它宣布,基督体验的真理性"上帝是爱",阐明了这神秘的一行诗"一切都将变好"和《四个四重奏》整首诗歌结尾的那一行诗"火焰与玫瑰合二为一"。

在一篇评论帕斯卡尔的文章中,艾略特说,蒙田"成功地说出了每个人的怀疑论"。他补充道:"因为每个有思想的人,靠思想生活的人,必须有自己的怀疑论;在这个问题上止步的怀疑论,在否认中结束的怀疑论,或者导向信仰,有时整合进超越了怀疑论之信仰的怀疑论。"如果说,《四个四重奏》表现了整合进信仰的怀疑论,那么,它也同样表现出怀疑论。在一个怀疑论盛行的时代,《四个四重奏》对那些其怀疑论止步于这个问题的人言说,对那些走向拒斥的人言说,也对那些走向信仰的人言说。诗人的责任,不是让我们相信他相信的东西,而是让我们相信他相信。他必须说服我们,他自己被说服。他也必须说服我们,他相信的东西真正阐释和理解了我们认为是自己的经验。我们可能不会接受他的阐释,但我们必须觉得这是一种真正的阐释。在我们这样的时代,没有共同接受的信仰体系,传统的信仰体系很多人根本不信甚至完全忽视,那样一种阐释要有说服力,除非诗人放弃先前的基督教作家喜欢使用的东西:圣经和祈祷文的语言。

对于现代诗人来说,交流是一个普遍的问题。而对一个现代的宗教诗人,在一个其宗教信仰没有得到广泛接受的时代,交流的问题是这个普遍问题中一个特殊的方面。直到大约一百年前,一个诗人的受众,即便不是像有时暗示的一样在文化上团结一致,他们至少大致同意,有教养的人应该知道什么。显然,倾听乔叟读诗的朝臣,阅读《坎特伯雷故事集》卡克斯顿版本的读者,并非都能意识到乔叟博览群书,并非都能看出他用的典故;但乔叟在古典学、中世纪诗歌和修辞学等方面的学问,是人们心目中诗人应有的学问,是有教养的人渴望的学问。同样,弥尔顿的读者并非都能辨认出他对古典学的影射,并非都能脱口完整说出他信手提到的神话,但一般来说,他的读者认为希腊和拉丁诗歌是从小到大正式学习的内容。如果有些典故还比较生僻,读者或听众不会生气,认为诗人在文化上势利。教育程度不高的读者,意识到自己不足,不会责怪诗人炫耀学问，也不会嫉恨诗人有高深知识。但现代诗人的处境不同。大众读者数量庞大，书籍产量更不知增长了多少，教育内容大大扩充，以至于现在没有共同的文化素养，可供诗人及其读者参照。这种分裂不但存在于受到科学训练的人和受到人文训练的人之间，而且存在于受到科学训练的人之间，存在于受到人文学科某个分支训练的人与受到另一个分支训练的人之间。英国文学和现代语言作为学科的发展，与交流变得更加困难不无关系。这种困难对于现代诗人来说比其前辈更大。对于他的前辈来说，人文学科就是希腊语和拉丁语。许多诗人多少受到所读之物的激励。这种激励通常不是有意追求；它发生于偶然的教育和环境，甚至更多是出于诗人个体的气质需要。有些读过的东西保留在记忆中，激发了思绪，刺激了节奏。有时，这种影响很大，诗人必须模仿，在一定程度上借助他者的声音来找到自己的声音。如果一个诗人熟读了詹姆斯一世时期不重要的戏剧，一个读者谙熟了高乃依和拉辛，但除了学校学习过的几部莎士比亚戏剧之外，对其他英国戏剧一无所知，这时，充分的交流是不太可能的。只有双方都精通维吉尔、贺拉斯和莎士比亚,才谈得上充分的交流。否则,詹姆斯一世时期的风格会令这个诗人的读者生气,而不会产生愉悦。这个现代诗人要是真用詹姆斯一世时期的风格写作,在他的读者看来,他的口吻似乎是故意的模仿,甚至是炫耀性的模仿;然而,过去的诗人像维吉尔一样善于用典会令人愉悦,因为借助共同的崇拜,把读者和诗人纳入共情关系。蒲柏出道之初与读者的关系,远远好过今日有着同样文学才华的诗人之奢望。

缺乏共享的阅读背景和文学传统,这对一些诗人的影响更大。但诗人是先成为人,再成为诗人,他们的写作受制于性情和品味。艾略特前期作品的部分难度,来自他自称是"受个体需要决定的强烈而狭隘的品味"。这种前期的品味引导他走向伊丽莎白时代后期的戏剧家,寻找一种具有强大修辞力量的风格,引导他走向法国的象征主义者,寻找一种手段,让他用最少的直接话语来表达强烈个人色彩的人生观。这种个体需要体现在他的性情:喜欢反讽,非常胆怯,与环境格格不入;充满怀疑,爱用委婉、暗示和影射;挑剔而内向,对美丑敏感,对苦乐更敏感。这种性情与象征主义者合拍,因为象征主义者为情绪状态找到"客观对应物"

的方法给了他机会，用一种满足其诗歌品味的清晰、准确和生动的手法来写作，同时赋予他自由，逃离抒情诗人那种必然为自己或他人言说的束缚。普鲁弗洛克的情歌既不是个人的言说，也不是集体的言说，尽管艾略特在其中表达了一个人的看法，清晰呈现了一种或许普遍的困境。但是，其原创性在于这种间接的手法与十分热烈的戏剧风格相结合。这种风格不停地逃离机智、反讽和感性，进入戏剧性的强烈感情。运用手法和风格的张力，赋予其前期诗歌令人不安的力量和美感，这是普通读者看不懂艾略特在"言说"什么的一个难点。但是，这种难点不仅在于不熟悉的手法和不熟悉的风格，不仅在于它们的混合产生了这种原创性的结合：一个明显严格限制的主题和一种自由大胆的风格。一个更大的难点是艾略特假定，读者能从自身经验，特别是从自己的阅读中，补充他引而未发的东西，或者仅仅暗示的东西。他独创的象征在大多数情况下没有带来困难。尽管《一只处理鸡蛋》中那个打毛衣女孩的名字"毕彼特"有着各自不同的解释（有人认为她是艾略特的老奶妈，有人认为是他刚够得上中产阶级的情人，有人认为是他曾想求婚的漂亮小姐，在我看来都有道理),但我们知道斯威尼、普鲁弗洛克、携带旅行指南的布尔邦克、叼着雪茄的布雷斯丁和憔悴的沃鲁宾妮公主象征什么。* 然而,即便借助题词中一堆引文的帮助,要是没有受过文学教育,有多少读者在没有帮助的情况下就能意识到,艾略特略微提到的沃鲁宾妮公主及其面首的故事,是在影射莎士比亚的戏剧? 要是没有相当专业的神学兴趣,谁能解释艾略特礼拜日做弥撒时,看见窗外的蜜蜂,脑海里会想起"奥里根",谁能注释"在每月一次的时间转折点"这一行诗? 这种用典的习惯在《荒原》中更加明显。艾略特抢在文学批评教授们前面,为之提供了一些注释。但读者在许多地方需要的不只是一条注释。当我们看到明显的反讽,正如在重写戈德史密斯的诗句"当可爱的女子向淫恶屈从",或者在以下诗行:

喇叭和马达的声音,在春天

为波特夫人带来斯威尼,

---

* 艾略特前期诗集里这种取名的才华,在后期作品《老负鼠的猫经》中才得到尽情发挥。

The sound of horns and motors, which shall bring
Sweeney to Mrs Porter in the Spring,

一个注释可能帮助我们，正如我们阅读蒲柏的《愚人志》时注释能够帮助我们一样。但如果只是说，这是在影射《西班牙悲剧》中某一幕或某一场，对我们理解《荒原》结尾希罗尼莫的经文"得啦，我就照办吧"没有多大帮助。我们需要像熟悉《金枝》一样熟悉《白魔》，才能真正感受到以下复杂的用典带来的诗歌震撼：

> 去年你种在你花园里的尸体
>
> 抽芽了吗？今年会开花吗？
>
> 还是突来的霜冻扰乱了苗床？
>
> 呵，将这狗赶得远些，它是人的朋友，
>
> 不然它会用爪子重新刨出尸体！

That corpse you planted last year in your garden,
Has it begun to sprout? Will it bloom this year?
Or has the sudden frost disturbed its bed?
Oh keep the Dog far hence, that's friend to men,
Or with his nails he'll dig it up again!

无须赘言,我们无权抱怨诗人难懂,无权要求他写的作品普通读者不费吹灰之力就能读懂。不过,难懂本身也不代表优点。我们必须按照诗人的约定条件来读诗。如果他选择为"一两个心目中的读者"写作,他完全有这样的自由,正如读者完全有不读他的自由。总是有难懂的诗人,尽管他们并不总是遭遇像今日遭遇到的那种敌意。今日难懂的诗人,不是因独创性而受崇拜,而是因文化上的势利而受指责。但《四个四重奏》的难懂不同于艾略特前期诗歌的难懂。尽管里面有许多文学典故,尽管辨认出文学典故的读者会获得额外的满足,但没有想起某些语词或诗句的原始出处,并不妨碍我们理解《四个四重奏》。说到底,无论是前期还是后期的诗歌,难度都来自主题的性质。艾略特觉得他只能用这种方式表达。但在主题上的某种改变,导致了风格和手法的改变。总结这种改变的最明显方式,是在《四个四重奏》中我们意识到艾略特有一种走向交流的持续努力,有一种直接言说的欲望,而在此前的作品中,我们意识到他想避开直接言说,所以他利用无数的"面具",养成了用典的习惯。如果说,他前期的风格简洁凝练,偏于神秘晦涩,那么,他后期的风格散漫重复,偏于明白晓畅。

这种风格的变化显然与艾略特想写作诗剧有关。与其说他一直在培育读者,不如说他在培育一群受众。戏剧诗无论可能多么感情强烈和深刻,它必须有某种清晰的表面意义。尽管它可能包括吸引少数受众注意的典故,但它不必依赖典故。但想写诗剧,这本身就表明艾略特对主题和受众的态度起了变化。他在《诗歌的用途》最后一章写的这段文字很有趣:

> 诗的难懂,可能由于几个原因之一。第一,可能有些个人的原因使诗人不可能不用暧昧的方法表现自己,虽然这也许是令人遗憾的,但是我想,我们应该高兴的是诗人到底能够表现自己。或者难懂也许只是由于新奇……或者,难懂可能由于读者听人家说,或者对自己暗示,那首诗果然会是难懂……而最后,有一种由于作者略去了读者所惯于发现到的某种东西而造成的难解;因此读者感到困惑,到处摸索缺而不在的东西,而且为了不在那里,以及不该被认为是在那儿的一种"意义"而大伤脑筋。

无论是他前期还是后期诗歌,尽管都有新奇带来的难读,但前期诗歌难读的主因,我认为是艾略特给出的第一个原因:他只能用暧昧的方法表达自己。他后期诗歌难读的主因是最后一个原因:人们用错误的方式去读解。他前期诗歌需要说明和加注;后期诗歌则只需反复阅读,直到熟悉其风格。艾略特继续说:

> 当所有的例外都加以考虑,而且在承认一定经常只有少数的"难懂的"次要诗人可能存在之后,我相信,诗人当然宁愿为尽可能多数而且多样的读者写作,而且我相信妨碍诗人的与其说是没受过教育的人,不如说是半受过教育以及受过不良教育的人,我本身宁可喜欢那些既不能读也不能写的听众。从社会上看来,最有用的诗是能够穿过所有现代大众趣味的种种分层的诗——分层也许是社会瓦解的征兆。在我看来,诗之理想的媒介,以及表示出诗的社会"效用"之最直接的手段,是演剧。

尽管我们可能觉得,艾略特心目中想的是柏拉图理念中没有受过教育的人，而非今日诗人很可能碰到的任何没有文化的人，但是，这一番话出自欲为广大受众写作的《荒原》作者，还是让人吃惊。诗歌可能跨越大众品味的分层，这种愿望也揭示了目的在变化。这次讲座作于一九三二至一九三三年的冬天。它表明，艾略特写作《磐石》（一九三四年演出，受到伦敦主教区四十五所教会基金的资助）和《大教堂凶杀案》（为一九三五年坎特伯雷大教堂节日活动而写），背后不仅有利用才华服务教会的愿望，而且还有为广大受众写作的愿望。前往萨德勒威尔斯剧院看《磐石》演出的观众，或者在坎特伯雷大教堂节日去看《大教堂凶杀案》的观众，我们会认为主要是定期去教堂做礼拜的人，他们尽管有相同的信仰，但文化上却代表了各种层次的大众。然而，尽管《荒原》的读者可能信仰各异，但他们有共同的文学或文化素养。这两个应制的作品，实际上是走向《家庭团聚》和《四个四重奏》的必要台阶；因为在这两个作品中，尽管艾略特以一种方式限制了他的受众，但他以另一种方式扩大了受众，创立了一种新声。

正如在《四个四重奏》中，艾略特为了广大受众，在宗教语言的使用上展示出一丝不苟的敏感，同样在他对简单常见的象征的选择中,在他的重复和新颖的开头中,我们意识到,他是作为个体对没有细分的大众讲话。这种走向充分表达的努力——"还得与语词和意义进行难以忍受的搏斗"——促使他写下朴实无华的段落。有时,他带着冷幽默谈论自己。正如在《东库克》中,他评论道:

> 那曾是一种表达方式——并不十分满意:
> 用一种陈腐的诗风做迂回的研究,
> 让一个人依然还得与语词和意义
> 进行难以忍受的搏斗。诗无足轻重。
> 诗不曾是(再来一次)人们期望的……

> That was a way of putting it — not very satisfactory:
> A periphrastic study in a worn-out poetical fashion,
> Leaving one still with the intolerable wrestle
>   With words and meanings. The poetry does not
>   matter.
> It was not(to start again) what one had expected.

有时,他用试探性的口吻,正如他在《干塞尔维其斯》中斗胆提出：

> 我常常想，克里希纳的意思是否就是这样——
>
> 　在其他的事物中——或表达相同事物的一种
>
> 　　方式：

> I sometimes wonder if that is what Krishna meant —
>
> 　Among other things — or one way of putting the
>
> 　　same thing:

有时,他可能有些前言不搭后语,使用插入语,语法不连贯,声音中透露出他宁愿不着边际地谈论主题,任思绪盘绕：

> 似乎,当人渐渐变老,
>
> 过去就有了另一种模式,不仅仅是延续——
>
> 甚至也不是发展：发展是偏颇的误解,
>
> 受进化的肤浅概念的鼓舞,
>
> 在公众头脑里,成了否认过去的方法。
>
> 幸福的时刻——不是良好、

结果、实现、安全或爱情的感觉，

或一顿丰厚的晚餐，而是顿悟——

我们有过经验，但未抓住意义，

对意义的探索恢复了经验，

在不同的形式中，超越了所能归于

幸福的任何意义。

It seems, as one becomes older,

That the past has another pattern, and ceases to
   be a mere sequence —

Or even development: the latter a partial fallacy

Encouraged by superficial notions of evolution,

Which becomes, in the popular mind, a means
   of disowning the past.

The moments of happiness — not the sense of
   well-being,

Fruition, fulfilment, security or affection,

 Or even a very good dinner, but the sudden
   illumination —

We had the experience but missed the meaning,

And approach to the meaning restores the experience

In a different form, beyond any meaning

We can assign to happiness.

这些段落为诗歌简洁的音乐性做了贡献；它们代表了声音的变化，精神的放松，代表了用一种新的方法处理过去的主题，或者代表了对于正在来临的主题的暗示或猜测。它们也为艾略特最终留下真诚的印象做出了极大贡献。这是对他努力走向交流的奖赏。

若想管窥艾略特风格的变化，最好的办法是把《荒原》的结尾和《四个四重奏》的结尾对观。两个结尾都是恰到好处的高潮，都有独特的美。可能总会有读者喜欢一种风格，不喜欢另一种风格；正如对于弥尔顿的读者，有的喜欢《失乐园》，不喜欢《斗士参孙》，有的尽管喜欢《失乐园》，但发现《斗士参孙》更满意，更深刻。在《荒原》结尾，诗人以渔人的身份言说，背后是荒原。他借助典故，影射约格伯·达·托迪（1228-1306）的经文，来说明他的困境，这句经文就是《神曲》的题词："啊，主，最爱我的主，请把我的爱收拾好。"艾略特能想到的最好做法，就是把他的《荒原》收拾好，因为收拾好他的爱的秩序，非他力所能及。然后，当艾略特遁入引用的话语，渔人的形象淡去，诗人自己的声音也完全消失。我们在《荒原》结尾听到许多声音，使用了不同的语言，来自不同的时代，带着神秘的命令。最后的一句祝福用了一种古老的未知语言。要理解《荒原》，读者必须具备历史意识，具备文学或文化素养，方能鲜活体验那些典故。他必须是这样的读者：引经据典在他看来是自然的表达方式。但《四个四重奏》最后一首《小吉丁》的结尾，没有借助任何特殊的知识。我们在这里听到艾略特的声音，尽管他发现难以言说，但他依然选择用简明的话语对我们言说。

四　干燥的季节

我要在一把尘土里让你看到恐惧。

《荒原》

你能向云彩扬起声来,使倾盆的
雨遮盖你吗? 你能发出闪电,叫它
行去,使它对你说"我们在这里"?

《约伯记》(38:34-35)

《荒原》和《四个四重奏》在内容和风格上虽有惊人
而明显的差异性,但正如所有真正的差异性一样,其可
能存在,是因为有潜在的同一性。《灰星期三》初次发
表时,这种与前期诗歌的差异性,自然给读者留下了深
刻印象。看起来,艾略特已经与过去决裂。但这种新
产生的风格,在《四个四重奏》中才渐趋完善,才可能让

人明白，是什么把他前后期的诗歌统一起来，明白无误地成为同一个人用一个声音表达的作品，哪怕语调改变，也仍然是同一个声音。他的诗歌尽管有变化和发展，但本质上是同一的；这种同一性源于他的真诚。他凭靠真诚来探索人生观。他的诗歌生涯很大程度上体现了济慈所说的"消极感受力"，也就是"一个人有能力应对不确定、神秘、怀疑，而且不急于追求事实和理性"。艾略特从来不强迫他的诗歌声音"追求事实和理性"，相反，他满足于"暗示和猜测"。他诗艺的成长，就是更好地理解前期经验，不是抛弃前期经验。尽管他对诗歌的态度发生了改变，但他诗歌的源泉没有改变。从一开始，他就是一个深切感受到"我们的语言形态不足以描述我们的观念"的诗人。*

在《诗歌的用途》中专论阿诺德的那一章，艾略特有两段话发泄了对阿诺德的不满。这两段话很有启发性。艾略特像是受到冒犯，以至于放弃了惯常的做法，对自己诗歌的主题缄口不言。在第一段话中，他针对阿诺德评论彭斯时下的论断——"没人能否认诗人的

---

* 这句话是拜伦在谈论其作品《该隐》中主人公时说的话。

特权是书写一个美的世界"——进行了评论：

> 住在美的世界里是人类一般的特权，这没有人能怀疑。但是对于诗人，这是那么重要吗？我知道，我们说到美的时候，我们意指各种各类的事物。但是诗人本质上的特权，并不在于具有一个应该书写的美的世界，而是在于能够看到美与丑的底层，在于看到厌烦，以及恐怖，以及光荣。阿诺德没有恐怖和光荣的想象力；但是他知道一些厌烦。

第二段话是针对阿诺德"诗在根底上是对人生的批评"的名言，艾略特反驳道：

> 在根底上：那是在底下很远的意思，根底就是根底。在深渊的根底是很少人曾经看到的东西，以及不能长久凝视的东西；而且那并不是"人生的批评"。假如我们所指的人生是个整体的——并不是说阿诺德曾将人生作为一个整体来看——从顶到底，那么我们关于作为一个整体的人生，关于那个可畏的神秘，最后所能说的任何东西，能够被

叫作批评吗？我们偶尔下到深处时所带回来的东西很少，而且那并不是批评。

我不想讨论艾略特对阿诺德的评论是否完全公平。有人可能反驳说，有一些伟大的诗人，比如乔叟，并不会被人这样认为。艾略特评论的意义在于他提出的"看到厌烦，以及恐怖，以及光荣"，这似乎是对艾略特世界观的发展做总结。尤其是中间那个语词"恐怖"，最令人感兴趣，能够帮助我们理解他作品的根本统一性。在《荒原》之前，艾略特世界观的发展，是从或许可以称为的"厌烦"到或许可以称为的"恐惧"，间或是其冷漠的同伴"恐怖"；或者，更确切地说，"恐惧"和"恐怖"从一开始就存在于艾略特的诗歌里，只不过他后期诗歌中"恐怖"感日浓，以至于淹没了"厌烦"感。《荒原》之后的诗歌，显示出从"恐惧"或"恐怖"到瞥见"光荣"的位移。同样，更确切地说，与其说是那样的位移，不如说是在"恐怖"中完全找到了"光荣"，在"光荣"的映照下，"恐怖"的阴影逐渐淡去。换个术语来说，将艾略特前期和后期诗歌统一在一起的，是"深渊"感。

在艾略特最初的两本诗集《普鲁弗洛克和其他观察到的事物》(1917)和《诗》(1920)中，我们主要意识到的是"厌烦"：

> 于是想起那在无数间
> 布置好家具的房间里
> 拉起灰暗窗帘的手。

> One thinks of all the hands
> That are raising dingy shades
> In a thousand furnished rooms.

最能传达出人生的厌烦感的，莫过于以上的诗句，或者用以下陈腐的意象：

> 不见阳光而干枯的天竺葵，
> 细小裂缝中的尘土，
> 街道上栗子的气味，
> 百叶窗紧闭的房间中女人的体味，
> 走廊上的烟味，

酒吧间中的鸡尾酒味。

sunless dry geraniums
And dust in crevices,
Smells of chestnuts in the streets,
And female smells in shuttered rooms,
And cigarettes in corridors
And cocktail smells in bars.

在这些前期诗歌中,正如在艾略特的所有诗歌里,味觉和嗅觉的意象明显频繁出现。味觉和嗅觉是我们最直接的感官,是最少能被有意识的心灵转换成知识话语的感官。口鼻是最容易受到外部世界支配的器官,因为我们更容易转移视线,充耳不闻,不用手接触外物,但我们不大容易躲避如影随形、无所不在的气味。* 如果一个诗人的主题是"美与丑的底层",他自然会运用味觉和嗅觉的意象。

这种无尽的厌烦感,其陈腐的千篇一律,在某些意

---

* 对比《家庭团聚》中哈里的话语:"你没觉得在空气中有种躁动吗? / 有没有觉得这样? 有没有? 是一种交流, / 是沁入脑髓的一种味道……"

象中与相当"文学"色彩的恐怖感结合在一起，令人联想起自我意识强烈的颓废诗歌。下面的诗行并不让我很吃惊：

> 午夜抖动着记忆
> 仿佛疯子抖动着一颗死天竺葵；

> Midnight shakes the memory
> As a madman shakes a dead geranium；

尽管这一张轻浮月亮的图景令人不安：

> 她眨着一只无力的眼睛，
> 她的微笑落进了角落。
> 她抚平青草一样的乱发。
> 月亮已丧失了她的记忆。
> 淡淡的天花疤痕毁了她的面容，
> 她手捻着一朵纸玫瑰，散发着尘土
> 和古龙香水味，
> 她孑然一身，

尽管那一遍遍越过她脑海的

陈腐的小夜曲的韵味。

She winks a feeble eye,
She smiles into corners.
She smooths the hair of the grass.
The moon has lost her memory.
A washed-out smallpox cracks her face,
Her hand twists a paper rose,
That smells of dust and eau de Cologne,
She is alone
With all the old nocturnal smells
That cross and cross across her brain.

真正的恐怖在于这样的意象,它们并不疯狂、浪漫或可怕,但却展示了寓于陈腐、单调和让人生厌的重复中的恐怖:

世界旋转,像古老的妇人

在空地里拣煤渣。

The worlds revolve like ancient women

Gathering fuel in vacant lots.

这种无意义的自动行为突然显现出恐怖；它变成了绝望的行为：

> "瞧一眼那仰卧在阴沟里的猫，
> 那猫伸出舌头，
> 吞下一口发臭的黄油。"
> 一个孩子的手，机械地伸出，
> 将码头奔跑的小玩意儿装进口袋，
> 在那孩子的眼睛后面，我什么都没看见。
> 这条街上我看到过
> 那些试图透过灯光下百叶窗凝视的眼睛；
> 还有个下午，一只年迈的、背上
> 长藤壶的蟹，在小水坑里钳住我
> 向它伸出的一根棍子顶端。

> ' Remark the cat which flattens itself in the gutter,
> Slips out its tongue
> And devours a morsel of rancid butter. '

So the hand of the child, automatic,

Slipped out and pocketed a toy that was running
along the quay.

I could see nothing behind that child's eye.

I have seen eyes in the street

Trying to peer through lighted shutters,

And a crab one afternoon in a pool,

An old crab with barnacles on his back,

Gripped the end of a stick which I held him.

在以下一个令人不安的意象中,这种无意义感可能与强烈的自我厌弃感和十足的恐慌感混合在一起:

我本应成为一对粗糙的爪子
急急地掠过静静的海底。

I should have been a pair of ragged claws
Scuttling a cross the floors of silent seas.

《普鲁弗洛克的情歌》的题词或许可以当成是《普鲁弗洛克和其他观察到的事物》整部诗集的题词。当乌尔比诺公爵在"盲目的世界"倒数第二层同意和但丁说话

158

时,这是一个绝望的灵魂在对另一个他认为也是绝望
的灵魂说话:

> 既然没人活着离开这深渊,
>
> 我可以回答你,
>
> 不用担心流言。

> For that is ones in helle out cometh it neuere;
>
> Job the prophete, patriarke, reproueth thi sawes,
>
> *Quia in inferno nulla est redempcio.*

这种隐藏在美丑之后的厌烦或恐怖感,也体现在
这种部分是从庞德那里学来的技法:将美与丑、英勇与
卑鄙并置。厌烦或恐怖感使这种技法不仅是技法。有
时一个简单的对比看起来就是有意而为。在《笔直的
斯威尼》一诗中,詹姆斯一世时期风格式的精彩开头描
绘的荒凉美丽的背景,让我们想起希腊神话人物:遭遗
弃的阿里阿德涅和正要潜逃的忒修斯。然而,这个开
头只是诗歌正文的反讽序曲。这首诗写的是在特尔纳
夫人开的"妓院"发生的事:斯威尼起床刮胡子,妓女

在床上大喊大叫,没有酒神从天而降前来安慰一个遭遗弃的公主,只有陶利斯裹着一块浴巾大脚板啪啪地走进屋里,手里拿着一瓶法国香水和一杯纯白兰地。但在《夜莺声中的斯威尼》这首诗中,最后的两节给了"致命的一击",超越了英勇的过去和卑微的现实这种简单的对比:

　　　　主人和一个身份莫测的人
　　　　在半开的门边低声谈,
　　　　夜莺的歌声越来越近
　　　　那一座圣心修道院,

　　　　夜莺也曾在鲜血淋淋的林子里唱,
　　　　那时阿伽门农高声呼叫,夜莺
　　　　撒下湿漉漉的排泄物
　　　　玷污那僵硬而不光彩的尸布。

The host with someone indistinct
Converses at the door apart,
The nightingales are singing near

The Convent of the Sacred Heart.
And sang within the bloody wood
When Agamemnon cried aloud,
And let their liquid siftings fall
To stain the stiff dishonoured shroud.

夜莺喉咙传来的美妙歌声和它们同样冷淡、漠不关心地撒下的"湿漉漉的排泄物",既陪伴着阿伽门农这个国王中的国王之死,也陪伴着斯威尼生不如死的卑微命运。诗歌中遭背叛和谋杀的是阿伽门农还是斯威尼,这既重要,也不重要。夜莺美妙的歌声和它们随意拉出的排泄物,同样与诗歌没什么关联。我们称前者美丽,后者丑陋;但它们都与我们的灾难无关。或许这是一场幻觉,我们认为阿伽门农的死重要,斯威尼的死不重要。夜莺不会做那样的区别。照耀在南美上空的星星和照耀在阿尔戈斯这首船上的星星一样具有威胁性。但这些征兆似乎是荒诞的,如果它们全部的预兆不过是一个低级夜总会中的一场阴谋。

艾略特前期诗歌的许多其他方面,已有充足的评论:它们有机智的创意,有成熟的风格,有巧妙的技巧和有力的表达。这些是它们经常为人引用的原因。但是,它们体现出来的卓越才艺,只是强调了它们的共性。纵观他前期的两部诗集,我们意识到"深渊"感。这里有一个"压倒性的问题"还没有问及。没有人敢问,因为或许没有答案,或者只是那样一个最好不要知道的答案。善良的海伦阿姨,摩登的南希表妹,渴望读《波士顿晚邮报》的表妹哈丽特,熟悉欧洲文化的阿波利纳克斯先生,一脸迷惑听他说话的女主人,"垂头丧气站在门口"的女仆,全都在"消磨时间"。表面上看,普鲁弗洛克不敢问的问题,只是一个人"冷不丁冒出"的问题。一直以来,还有另一个问题,那是其他问题的根基:

那么让我们走吧,我和你,

当暮色蔓延在天际

像病人上了乙醚,躺在手术台上;

让我们走吧,穿过某些半是冷落的街,

不安息的夜喃喃有声地撤退,

退入只宿一宵的便宜旅店,

以及满地锯末和牡蛎壳的饭馆:

紧随的一条条街,像一场用心险恶、

无比冗长的争执，

把你带向一个使你不知所措的问题……

噢，别问，"那是什么？"

让我们走，让我们去做客。

房间里女人们来了又走，

嘴里谈着米开朗琪罗。

Let us go then, you and I,

When the evening is spread out against the sky

Like a patient etherized upon a table;

Let us go, through certain half-deserted streets,

The muttering retreats

Of restless nights in one-night cheap hotels

And sawdust restaurants with oyster-shells;

Streets that follow like a tedious argument

Of insidious intent

To lead you to an overwhelming question....

Oh, do not ask, 'what is it?'

Let us go and make our visit.

In the room the women come and go

Talking of Michelangelo.

为什么别问？我们必须谈论某个东西，米开朗琪罗是一个文化话题。穿过客厅的尖利女声，在讨论米开朗琪罗的伟大艺术，这种荒诞只是给这些诗句的潜在意义增加了额外的反讽。"让我们走，让我们去做客"，这一行诗暗示了她们遁入各种微不足道的事情。

这种"深渊"感使《荒原》本质上有别于同一年出版的"用另一种和谐的散文"写成的伟大虚构作品：乔伊斯的《尤利西斯》。这两部作品有许多共性。它们能够写出来，都是因为作者吸收了十九世纪和二十世纪的思想成果，用虚构的权威表现了我们所说的现代心灵。人类学家和精神分析学家对人类历史和灵魂深度的探索，其出现的形式，不是像在十九世纪诗人那里，借助对具体发现的引用和讨论，而是作为一个方法，供作者去利用：这是深刻影响思维方式和表达习惯的东西。两部作品都书写了都市形象：一个是现代的伦敦，一个是现代的都柏林。它们都是建立在著名的神话之上：《荒原》的基础是圣杯传奇故事，"渔王"生了神秘的病，他的大地寸草不生，只有当那个注定要来的解救者问一个神奇的问题或表演魔术，瘟疫才会消失；《尤利西斯》的基础是漫游者归来的神话，他重新整治家园，失踪多年的父亲和现已成年的儿子终于相认。两部作品都融合了许多不同的风格,但没有破坏根本的同一性。它们都有丰富的典故,两个作者都饱受迂腐的指责。在乔伊斯笔下,是一种笨拙的迂腐,都柏林酒吧一个醉醺醺的学者的迂腐,似乎回到了中世纪和四处云游的学者那种玩弄修辞的迂腐。在艾略特笔下,是一种古板的迂腐,新英格兰教室里的迂腐,让人想到的不是酒吧,而是教授文雅的声音和索引卡。同样,两部作品都大胆地把两个世界并置起来,一个是用最彻底的现实主义手法描摹的现代世界,一个是充满传奇、史诗和崇高悲剧的古典世界。但是,尽管有所有这些明显的相似性,《尤利西斯》和《荒原》的差异性在我看来是深刻的。它们展示了完全不同的人生态度。

有批评家声称,乔伊斯没有摆脱过他早期写作训练的影响;自他天主教的童年和青少年时代以来,自他的信仰消失之后,他依然保留了对信仰和罪感的需要。我认为这种观点不对。我在《尤利西斯》中没有发现基督教的罪感意识,更重要的是,也没有发现其必然结果:需要通过某种非人力能够完成的"强力行为"来拯救,那种强力行为是类似于上帝创世的惊人行为。乔伊斯十分清楚基督教的人生观。因为他清楚这种人生观，所以他在《尤利西斯》中能给我们慎重的证明，没有上帝的生活是什么样子。但那是一个真正的证明。他最后没有揭示，一个人面对巨大的黑暗是多么无助和恐惧。他没有突然碰到一堵空墙。上帝是否在场，他的想象并不纠结。尽管他可能令读者厌烦，但他似乎不会生厌——或许这是为什么他有时让那些人生欲望和他一样不会满足的人生厌。尽管他告诉我们的许多东西很恐怖，但他告诉我们的目的是减少恐怖，不是增加恐怖。恐怖是生活的一部分，当我们正视恐怖，它就不那么恐怖。当我们继续读下去，我们身上或他人身上似乎没有什么东西值得恐怖或羞于承认。个人的幻想，对夜晚的恐惧，肮脏的习惯，道德的有亏，内心的冷漠，不再是丢人的事情。难以忍受的想法变得可以忍受。如果没有厌烦感，如果恐怖感淡化而非增加，那么，也就没有任何东西我们可以称之为"光荣"。当布鲁姆在厨房和史蒂芬谈话时，照亮最后一章的光，显得更加友善和稳定。它既不会让人变形，也不会让人盲目。我们几乎可以倒转艾略特的话，用来评论乔伊斯，说他"看到厌烦，以及恐怖，以及光荣"之下的美丑。乔伊斯的人生态度不是宗教的态度，而是美学的态度。

如果我们考虑到利用的神话和对神话的运用，《荒原》和《尤利西斯》的差异性就显示出来。借助情节，乔伊斯给了《尤利西斯》的连贯性，保留了时间、地点、事件的同一性。他将《奥德赛》这首形式最美的诗作为蓝本。《尤利西斯》走向了一个真正的结局，一种真正的解决。这种解决是借助喜剧的想象，借助与社会生活的要求相适应的人物。除了精彩的小喜剧，《尤利西斯》还有真正深刻的大喜剧，将人总是置于社会中来看，嘲笑那些孤芳自赏和一心走向悲剧的人。与《尤利西斯》不同，艾略特抛弃了情节，《荒原》没有结局或解决。《荒原》的同一性部分来自音乐的重复和变奏，但主要来自不断地影射潜在的神话，影射死亡和再生的神话。也就是说，他依靠的不是一部伟大的艺术作品，原材料已塑造成有逻辑的图案；他依靠的是一个神话，尽管这个神话启发了许多艺术家，但还没有找到最终和最好的表达。在圣杯传说中，正如在整个亚瑟王传奇的主题中，似乎还有抵制情节编排的意义。这些"意义"总是漫溢出叙事，压倒情节设计。甚至可以说，艾略特也没有依靠任何版本。他回到艺术运用之前，回到神话理性地编织为故事之前的基本要素。他把《荒原》建立在这个神话体现的困境上，忽视我们在不同版本中发现的对这个困境的解决办法。《尤利西斯》像《奥德赛》一样，稳定地走向高潮：英雄回家，然后齐家。《荒原》如果说也有走向，那它走向了外在于诗歌的某个时刻，可能再也不回来的时刻，在结尾中我们仍然在等待的时刻。它与其说走向了解决，不如说越来越清楚地表明，解决不在我们的能力之内。我们只能等待下雨。

在《尤利西斯》中拥挤都市的背景下，三个主要人物变得越来越坚固。在《荒原》中，尽管里面有许多人物，听到许多人声，但严格说来没有人物，最终连都市也消失。在一个注释中，艾略特说，《荒原》中最重要的角色是忒瑞西阿斯，她"只是旁观者，并非一个真正的'人物'"："正如那个独眼商人，那个卖小葡萄干的人变成了腓尼基水手，后者与那不勒斯的费迪南王子也并非完全不同，所有女人因此是一个女人，而两性在忒瑞西阿斯身上融为一体。"同样，诗歌里的时代既是任何时代，也不是任何时代。尽管有时候我们明显觉得是身在现代都市伦敦，但这是一个"不真实的都市"，在诗歌最后一部分《雷霆所说的》中，都市完全消失。似乎那时所有人都在等待。门徒埋葬了耶稣。女人在悼念阿多尼斯或阿迪斯的死。游客在穿过沙漠，或走向南极，走向埃莫斯的村庄，走向山上的"凶险之堂"，或穿过一片充满了各种鬼怪的大地，最终进入广袤的印度平原。人潮从沦为废墟的都市涌出，他们是来自倾覆帝国的难民。《荒原》可能开始于"现代心灵的困境"，但它发现这个困境是历史的困境。把《荒原》的意义局限于主要表达现代信仰的匮乏，是误解了其形式和内涵。它真正的主题是无时间性的永恒；它发现了人生的一个根本弱点，阐明了"万千享乐之道，竟不足以欢娱世人"。* 它在风格上的对应，它的历史典故，都是用来证明：在美丑的底层之下，各个时代、所有阶级中都潜藏着厌烦和恐惧；所有的战争都是同样的战争；

---

* 参见《拉塞拉斯》中夫子因列对大金字塔的评论："余观此庞然大物，始叹万千享乐之道，竟不足以欢娱世人，乃至于留此巨塔也。为王者，权倾海内，无人可与其争衡，且富甲天下，凡务实之需，无由之欲，一应皆可满足，尚有绰余。然，其位至上而不安其座，穷尽奢华而不甘其味，日夜荒淫而常叹生而无趣，惟遣莘莘之劳役，凤夜不殆，垒石筑台，修此旷古之陵寝，才可安其心，娱其情。"（叶丽贤译）

所有的做爱都是同样的做爱；所有的回乡都是同样的回乡：

> 而我忒瑞西阿斯早就经历过
> 在同一长沙发或床上所上演过的一切。

> And I Tiresias have foresuffered all
> Enacted on this same divan or bed.

《荒原》是一系列的想象：它没有情节，也没有英雄。主角不是一个固定的人。有时，主角是一个沉默的倾听者；有时，主角是一个提问的声音。这个声音不会给出回答，或者只给出神秘的回答：

> "你在想什么？想什么？什么？
> 我从不知道你在想什么。想吧。"

> 我想我们在老鼠的小径里，
> 那里死人甚至失去了自己的残骸。

"什么声音?"

门下的风。

"现在又是什么声音? 风在干什么?"

没什么,还是没什么。

"是否

你什么也不知道? 什么也看不见? 什么也

记不住?"

我记得

那些曾是他眼睛的珍珠。

'What are you thinking of? What thinking? What?

'I never know what you are thinking. Think.'

I think we are in rats' alley

Wherethe dead men lost their bones.

'What is that noise?'

The wind under the door.

'What is that noise now? what is the wind doing?'

Nothings again nothing.

'Do

'You know nothing? Do you see nothing? Do
   you remember
'Nothing?'

      I remember
Those are pearls that were his eyes.

最初，我们至少还能意识到有某个人，意识到慕尼黑咖啡吧里一次闲聊中沉默不语的同伴，意识到一个男子在一个潮湿的夜晚带着一个女孩，意识到一间闺房中有一个男人。但这个幽灵一样的人逐渐变成了在日内瓦湖边悲叹的一个声音，变成了渔人，变成了忒瑞西阿斯。最后，时间和地点全部都消失。只留下渔人，背后一片荒原，坐在岸上垂钓。这个形象代表了全人类，等待甘霖——可能会有洪水和大水——雨的序幕是闪电、乌云和雷声。

《死者葬仪》是《荒原》的开头乐章，我们在其中看到一系列对照的场景。这些场景共同的调子是恐惧；场景的对照源于对恐惧的不同态度。开头的几行诗很出名，径直点明了主题。它们是对残酷春天的评论，描述了沉闷冬天之后搅动新生命的痛苦。然后，我们进入对夏日的回忆：雨后阳光，在慕尼黑一个公园喝咖

啡,闲聊了一个时辰。再接下来,说话的女子回想起了童年在山中的一个时刻,一个陷入恐惧的时刻:

> 他说,玛丽,
> 玛丽,紧紧抓住。于是我们滑下。

> He said, Marie,
> Marie, hold on tight. And down we went.

接着像是用了一句插入语,她喃喃自语,"群山中,你感到自由自在"。她随后用一句话说了近日的安排,从而泄漏了身份:

> 大半个夜里,我读书,冬天就去南方。*

> I read, much of the night, and go south in winter.

---

* 《家庭团聚》开头艾维和瓦奥莱特的对话算是对这一行诗的扩写。在那里,瓦奥莱特讽刺艾维嫉妒去南方享受阳光的人:"去南方吧!到英格兰的流通图书馆里, / 到军人寡妇家里,到英格兰教士那里, / 坐在冰冷的室外折叠椅上,喝着浓浓的凉茶—— / 煮得很浓的糟糕的印度凉茶。"

《死者的葬仪》开头一段借用谈话的方式透露日程，由此逃避恐惧。与之形成鲜明对照的是第二段中先知的话语。它是关于以西结在枯骨山谷看到的场景回忆，中间有一行诗句先知在强调，"走到这红石的影子下来吧"。"红石的影子"是一个有意含混和令人恐惧的意象。我们可能想起《以赛亚书》里的话："必有一人像避风所和避暴雨的隐秘处，又像河流在干旱之地，像大磐石的影子在疲乏之地"；但这里的红石隐约构成威胁，它的影子里没有安慰，只有我们对死亡的恐惧。* 先知的声音在强调，即使这荒谷中有生命的搅动，我们也说不清是什么生命；我们必须离开直晒的太阳，丢下一堆支离破碎的意象和我们生活的全部物品，进入红石的影子去看"一把尘土里"的"恐惧"。第三段的开头和结尾分别是瓦格纳歌剧《特里斯坦和伊索尔德》中一个水手的情歌和守望他归来的忠仆的应答，这个漂亮的段落蕴含了另一种恐惧。这是爱到狂喜时的恐惧，爱超

---

　　* 对比《以赛亚书》(2：10)："你当进入岩穴，藏在土中，躲避耶和华的惊吓和他威严的荣光。"

越了其对象,似乎突然陷入永恒的沉默。* 这段话描写了一个拿着风信子花的姑娘。她的情人虽然站在她面前,但却罔顾她的深情和美丽。他沉默不语,一心想着另一个人,他闻到的不是雨中风信子花的味道,而是另一种味道。他像个聋哑人,"注视光明的中心,一片寂静"。直到他听到守望特里斯坦归来的牧羊人的应答声——"凄凉而空虚是大海"——他才回过神来。第四段的场景是梭斯脱里斯夫人的客厅。这个女相士"害着重伤风,依然是欧洲人所共知最聪明的女子"。这段话里的恐惧是对未来的恐惧,对未知的恐惧。来找她算命的人都想趋利避害,逢凶化吉。在第五段,我们离开她的客厅,走进"流过伦敦桥"的上班族,他们是时间的奴隶,人人都盯着脚尖,只看下一步。直到艾略特看见一个旧相识,诗人叫住他,问了他一个恐怖的问题,给他提供了不无反讽的建议,这时,人流才停下来:

---

* 艾略特早期写的名诗《不朽的低语》中,也以幽默的笔法触及这种经验。诗中娇美的格莉许金,即便"客厅中散发出一股如此强烈的气味",那"抽象的存在,也围绕着她的魅力运转"。我们在那里还读到,"皮肉所可能有的接触 / 都不能减轻骨头的高热";在这里,狂热地认识到美的时刻,头脑就突然一片空白和沉默。

去年你种在你花园里的尸体

抽芽了吗？今年会开花吗？

还是突来的霜冻扰乱了苗床？

呵，将这狗赶得远些，它是人类的朋友，

不然它会用爪子重新刨出尸体！

That corpse you planted last year in your garden,
Has it begun to sprout? Will it bloom this year?
Or has the sudden frost disturbed its bed?
Oh keep the Dog far hence, that's friend to men,
Or with his nails he'll dig it up again!

当伦敦桥上的人流突然暂停时，这个乐章达到了高潮。
这个时刻就好比第四段里梭斯脱里斯夫人看到一群绕
着圈子行走的人突然暂停，也许是被那个把东西藏在
背上不许她看的独眼商人打断，也许是被那个她找不
到的"绞死的人"打断。这个时刻也好比第二段中名叫
玛丽的女子，她读了大半夜，突然放下书，望着黑暗的
窗外。在这里，一想到把尸体种在花园里，就令人恐
惧。尽管我们设法忘记尸体，但它在地下还是在抽芽。
同样，诗里的这条狗也令人恐惧，即便加了老掉牙的一

句"它是人类的朋友",也无助于减少恐怖。狗在后花园刨地,从地里刨除主人想处理的某种东西,然后急切地叼来,放在主人脚下,这是我们熟悉的意象。在这里,与这个熟悉的意象混合的,还有圣经中赞美诗作者对上帝的乞求:"求你救我的灵魂脱离刀剑,求你救我的生命脱离恶狗。"这里的感觉很复杂。我们想到圣经中的"恶狗"恐惧退缩,我们想到这条狗在花园里刨出来带给我们的尸体就恶心;但它尽管是"恶狗",也要证明是"人类的朋友":它重新刨除恶心的腐烂尸体,放在我们脚下,洋洋自得地摇着尾巴,炫耀着聪明。*

　　《弈棋》是《荒原》的第二乐章。其中只有两个场景,但都生动呈现。** 它们的对照在于风格和场景。第

————————

　　* 克林斯·布鲁克斯说:"我倾向于认为这条首字母大写的狗(艾略特用的单词是 Dog)是人道主义和相关的哲学,它们对人的关切排除了超自然——刨出埋葬的神的尸体,因此阻止了生命的再生。"我强烈反对这种对"狗"的解释,无论它的首字母是否大写。这种抽象解释属于另一种思维方式,在这里格格不入。人文主义和人道主义等语词在批评界应该长期下架休息。

　　** 艾略特提示我们,这个乐章的标题出自密特尔顿的剧本《女人提防女人》,其中有一幕情节,剧中公爵爱上了卞安格,请老鸨利维亚帮忙让他与卞安格幽会,利维亚设计把卞安格的婆婆叫来下棋,公爵乘此机会诱奸了卞安格。或许,利维亚讽刺性的评论"我已经给了你两次盲配的机会",最好地总结了这个乐章的内容。

一个场景描写一位女士的闺房,语言奇特地混合了羡慕和反感。闺房里的陈设非常富丽堂皇,甚至堪称奢靡。这里的诗句让人想起对埃及艳后克利奥帕特拉的描写。但是,打量这间闺房和这位女士的是一双完全幻灭的眼睛。这个观看者的目光在房间游走,对闺房做冷静而精确的打量和叙述。我们听到这位女士讲话,就像在听一个受惊吓的女子怂恿沉默的男子说话。* 第二个场景转向了旅店。"门下的风"停歇,服务员在不断地催促客人离开,他准备关门。我们听见娄在跟比尔和美说话,我们离真实的故事只有一层纸。娄坚硬自信的声音折射出阿尔伯特和莉儿之间婚姻的困境。娄并不是莉尔忠实的朋友。但这里的焦点是莉儿。阿尔伯特"不忍心看到她那个样子",她只有三十一岁,但显得"那么苍老",她似乎把丈夫给她换一副好牙的钱去药店买了打胎药,打掉丈夫前去服役时留下的种。她没有"办法";因为贫穷和生娃,她完全变了模样;她只想阿尔伯特"让她一个人过"。这是工人阶级

---

* 这个男子可能是情人,也可能是丈夫,更可能是后者,因为这与本乐章第二场中莉儿和阿尔伯特的破裂婚姻对比更强烈。

出色的女人常见的悲剧,嫁为人妇,生儿育女,未老先衰,只希望牢骚满腹的丈夫到别处寻花问柳,寻找她不再能够给他的享乐。* 娄作为中立朋友的姿态完全没有说服力。无疑,退役的阿尔伯特想要"好好地玩一阵子",要不了多久就会找她寻乐子。在这个乐章,我们在前半部分看见一种不再有魅力的关系;在后半部分看见一场正在崩溃的婚姻,一个是牢骚满腹、迷茫不已的丈夫,一个是郁郁寡欢、疲惫不堪的妻子。这两个场景的共同主题都是绝育,或者用棋喻,是僵局。

第三乐章《火的布道》是《荒原》的核心。尽管这种说法——它指出了一条道路,走出这个无爱的情爱世界——不妥,但它的确用新的深度表现了那个世界。主题在这个乐章拐了一个弯。具有渔人形象的神话再次出现,现代世界开始与古典世界融合。我们在这个乐章除了看见那个女打字员和她年轻的男友,看见伊丽莎白女王和莱斯特伯爵,看见划独木舟的女孩和她

---

* 劳工阶层的女人老得很快,社会学家发现的这种利他主义行为在战时女性身上得到淋漓尽致的体现。但是,同一年龄段的女人,可以看出阶级地位的差别反映在面貌的明显不同,还是让人震惊。同一年龄段的男人在面貌上没有这样大的差距。

的姐妹,还看到与她们的场面缠绕的忒瑞西阿斯和盘绕的蛇。有时,我们还看见另一种生活。我们听到"孩子的声音,在教堂尖顶下歌唱",听到"悦耳的曼陀铃的哀鸣",渔人在喧闹声中午睡。那"难以言喻的爱奥尼亚式风格的荣华,白色与金色",也暗示了一些美丽而庄严的遥远东西。这一乐章结尾时的"燃烧,燃烧,燃烧,燃烧"让我们想起炼狱。在这个乐章中,女打字员对来找她的男友的厌倦和冷漠,伊丽莎白女王和莱斯特伯爵的无聊调情*,描写泰晤士河上泛舟的三姐妹那三首四行诗歌词的气氛,这三个场景的氛围也有区别。就连三姐妹所唱的歌,也有区别。唱我仰卧在"独木舟"上的女孩知道她"被毁了";唱我徘徊在"摩尔盖特"林荫道的女孩,把心也踩在脚下,"丢掉了自尊";唱我坐在"马该"沙滩上的女孩,坐在卑微中,"什么都不

---

　　* 有批评家把伊丽莎白女王和莱斯特伯爵这个部分看成是古典壮丽的爱情,用以映照现代平淡乏味的"恋情"。这肯定不得其要。在历史上所有的情人中,他们这对都是最荒谬反常的:贞女伊丽莎白女王与精明的有野心的朝臣调情。当听到詹姆斯一世出生时,伊丽莎白愤怒地大叫:"苏格兰女王有一个漂亮的儿子,我呢,却无一个后裔。"她和莱斯特无论用什么华丽的配件玩"爱情游戏",历史的盛典依然改变不了他们之间贫瘠的关系。

期待"。在第一乐章中,我们在日常事务和恐惧之间交替;在第三乐章,我们在漠然和恐怖之间交替。例如:

　　　她转身在镜中看了一会

　　　几乎丝毫没感到她离去的爱人;

　　　大脑里听任一个刚形成一半的念头通过,

　　　"好吧,这件事是干了;我高兴这算完了。"

　　　She turns and looks a moment in the glass,

　　　Hardly aware of her departed lover;

　　　Her brain allows one half-formed thought to pass:

　　　'Well now that's done; and I'm glad it's over.'

再如:

　　　"在马该沙滩。

　　　我能连接

　　　虚无与虚无。

　　　肮脏的手上折断的指甲。

　　　我们是什么都不期待的

下等人。"

' On Margate Sands.
I can connect
Nothing with nothing.
The broken finger-nails of dirty hands.
My people humble people who expect
Nothing. '

《荒原》第四乐章《水里的死亡》是一个抒情性乐章,暗示了一种妙不可言的宁静,一段梦里回归的旅程,回到无梦的睡眠,洗掉生活的污迹。最后的第五乐章《雷霆所说的》重复了第一乐章的主题。人群和个体再次突然出现。这个乐章开头用不同的话语再次提到了春天,或者春天来临前的时刻。"山"的意象——玛丽小时候在山里体验到狂喜和恐惧,成年后的她在夜里幽然想起那个自由之地——与恐怖"红石"和干旱"沙漠"的意象混合在一起。在一次短暂的想象(也可能是枯竭的幻觉或至高的现实)之后,我们进入时间之外的梦魇和疯狂之地。我们最后出现在荒原上,来到干涸的河边,听雷霆说话。雷霆的意旨用了三个象征性时刻对我们诠释：臣服的时刻，解脱的时刻，神秘的幸福时刻。在第一个时刻，有意志的行为，接受，不拒绝，放弃抵抗。在第二个时刻，解放的行为不是来自身外，从虚无中解脱；囚徒知道自己自由。在第三个时刻，是身外的力量和身内的接受相统一；心灵优雅地回应那些控制的手。这三个时刻我们都必须去把握：我们回到荒原，回到岸上唯一垂钓的渔人。人群流过的伦敦桥塌了。此刻，我们心头想起了诗歌的三个片段：第一个片段表达了对疼痛和恐惧的屈服，第二个片段宣布了对自由的渴望，第三个片段暗示了极度的不幸。我们还隐约感到了彻底毁灭中的快乐。艾略特留给我们这些他人智慧的碎片之后就悄然离开。他躲进发疯的希罗尼姆的面具后面。因为爱子神秘去世，希罗尼姆悲伤狂怒，最后疯狂，但他同意"沉溺于徒劳的诗歌"，用许多语言写了那部神秘的悲剧，"让有罪之人疯狂，令无罪之人震骇"。《荒原》结尾，神秘的雷霆之声再次响起。

《荒原》中的进程——因为其中的确存在——不是沿着一条线索发展的叙事进程，不像奥德修斯回家的进程或班扬从毁灭之城到天国之城的天路历程。《荒原》中的进程如同《农夫皮尔斯》中兰格伦的进程：逐渐深入探索一个原初的场景或主题。《农夫皮尔斯》是最有想象力的英语诗歌。在这部作品里，我们从民俗生活场开始，结尾时再回到那里，只是用的语言不同，并且还带着敌基督。结尾正如开头，我们必须找到农夫皮尔斯，向他询问通向真理之路。可以说，《农夫皮尔斯》和《荒原》一样，结尾比开头更黑暗。兰格伦的早期批评家认为，《农夫皮尔斯》的结尾显示了"可怕的绝望"。但是，这两首诗中，我们不是在绕圈子，而是在作螺旋运动，上上下下："向上的路和向下的路是一样的"。我们在不同的层面上不断地回到同一点。与艾略特一样，兰格伦也为我们生动描写了当时的社会图景。在《农夫皮尔斯》的开头，他似乎主要关心所在时代的社会之恶。直到最近，他事实上一直被认为主要是讽刺诗人，描写穷人如何遭世俗上和宗教上的统治者残酷压迫。发现兰格伦是一个真正伟大的诗人，是由艾略特这代人完成。先前，兰格伦的讽喻诗被认为不合逻辑、自相矛盾、意义不大。艾略特这代人学会了读解兰格伦的优点，懂得他真正的主题不是英国中世纪的社会动荡，而是人心为了寻找拯救之道的挣扎。

但是,尽管《农夫皮尔斯》的开头和结尾是在人世(人世上打不赢这场战争,寻找也不会有尽头),但在诗歌中间,他离开了此世。在他悲惨的地狱观念中,他向我们展示,为了获得囚牢中灵魂的奖赏,"生"和"死"相互冲突。因为"生"获得了胜利,一束巨大的光照在黑暗中的人身上,所以在这个世界上,敌基督的胜利不可能是终极胜利。在兰格伦笔下,那"强大的行为"已经完成;不可能的事已经发生。"在耶路撒冷与魔鬼搏斗"的耶稣永远获得了"农夫皮尔斯的果实"。他会重临,

> 作为一个加冕的国王,带着天使
> 和走出地狱的所有灵魂

as a kynge crouned with angeles
And han out of helle alle mennes soules.

钱伯斯在评论《农夫皮尔斯》的结尾时说:"若像约翰·理查德·格林和他之后的许多人一样,我们提到兰格伦的'可怕的绝望',那么,我们就没有把握其思想。相反,古尔顿说得对,兰格伦在结尾时'对信仰坚信不疑,

外在支柱的崩塌，只是驱使他更加坚信与这个神秘信息直接交流，这个神秘信息在直接对他内心言说，他相信这个神秘信息，正如他相信自己存在'。"但兰格伦的信仰不仅是对他内心中这个神秘信息的信仰，也是对一个事件的信仰，这个事件的真理性得到他内心的确认。《农夫皮尔斯》的中心有一种力量、智慧和爱相统一的启示，这个世界会得到拯救，无论过去、现在还是将来。《荒原》没有包含这样的启示。它在其想象中发现了人不能获得满足，发现了日常生活中的厌烦，发现了对自身卑贱的恐惧。在其螺旋进程的中心，只有"深渊"感、"虚无"、"压倒性的问题"或对未知的恐惧，这些东西最终无可逃避。尽管如此，但其结尾不是绝望。幻象剥夺，骄傲破产，人留下来面对最终的可能。《荒原》的结尾是人真正的境况，正如罗素所言，智慧始于征服恐惧。

五 紧张的时代

在得失之间犹豫不定

在短暂的运行中，那里梦越过

诞生和死亡之中的梦笼罩的暮色。

《灰星期三》

求你再赐我喜乐：让你所折

伤的骨头也欢欣。

《诗篇》（第51章）

艾略特的诗歌全都表现了某种恐惧，但他节奏和风格的变化（这在前面已讨论），他意象的改变，是这种恐惧中深刻变化的结果。在他前期诗歌里，这种恐惧是一块玻璃。他借此观察这个世界；这是一块黑玻璃，透过它，生活看起来异常清晰，但却没有了五颜六色。

在《荒原》之后写的诗歌里，恐惧本身日渐成为主题。诗人的"阴影"意象可以用来衡量什么在变，什么不变。最初，我们意识到在阴影中看见的生活，一种灰色单调的生活。这个阴影逐渐加深，越来越暗，到了《荒原》，阴影笼罩的生活成为主题。现在，阴影进入诗歌成了主角。此前阴影只是诗歌的暗示，我们看到的只是阴影的效果；现在阴影成为沉思的对象，暗示的是投射出阴影的光。吊诡的是，对阴影的接纳减少了黑暗；《荒原》中的黑暗变成了一道暮光。从那暮光中，艾略特瞥见了光明，那光明也许还很远，但仍然是一种五彩缤纷的光明。艾略特虽然没有直接打量这个自然世界，但它有一种在他先前对之沉思中没有的美。与其看出窗外，面对世界，看见同样的荒凉和空虚，呈现出轮廓分明的千姿百态，艾略特从喧嚣尘世转向沉思亲密的个人经验。他限制了视域，退回到内心，"这样虔诚不已，目的专注"。他的诗歌进入"另一种强度"。他前期诗歌中强烈的恐惧让位于强烈的沉思。

退回到内心经验的世界，与之相伴的是一类新的意象：这类意象不是来自观察，而是来自梦幻，虽然不合逻辑，一知半解，但还是可以深刻感受到梦的意义，感受到它们象征的真理。这类新意象缺乏前期诗歌中的精准和现实。相对于早期诗歌中大多丑陋的意象,它们大多都很美丽,充满诗意暗示。它们往往取自自然,而前期诗歌的意象主要取自都市,即使取自自然,也是取自自然的阴暗面。不过,许多新意象仍是象征古老意义的传统而常见的意象,如"玫瑰""花园""喷泉""沙漠""紫杉"。艾略特接受了这些传统的意象,将之与自然美的意象混用,同时,他还接受了神秘的意象,如"白色的蜥蜴","珍珠独角兽","老鹰"(来自中世纪的讽喻幻想),"穿蓝绿色服装的笛手","蒙着蓝白色面纱的沉默修女"(来自艾略特创造的神话)。《灰星期三》中的角色不是一些人物;它们只是从飞驰列车的车窗上看见的人影,某个人影的一种姿态引起了我们的注意,然后一闪而逝,但却留下来纠缠我们的记忆。许多新意象有着这种一闪而逝姿态的鲜活记忆。它们没有像在前期诗歌一样精准固定下来。只是偶尔,我们才看到前期诗歌一样精准而机智的比喻:

> 楼梯一片漆黑,
>
> 潮湿,粗糙,就像老人的嘴,淌着口水,无可救药,

或是一条年迈的鲨鱼长着牙齿的食道。

the stair was dark,

Damp, jagged, like an old man's mouth drivelling,
  beyond repair,

Or the toothed gullet of an aged shark.

这里的比喻出现时有一个特别的目的,它脱颖而出,与《灰星期三》的总体基调不同。在《灰星期三》中,艾略特似乎不希望萦绕在任何特定意象上。生动、贴切或奇异的特定意象,可能打断沉思之流,转移我们对核心主题的注意。许多意象和象征,没有用精确的调号固定,它们带着不同的价值和重点反复出现。

这些反复出现的意象以新的节奏和新的风格表现出来。相比于艾略特前期诗歌中生动具体的特定意象,它们过于暗示、模糊和诗意;相比于前三卷诗集的现实的或非常新颖的意象,它们过于传统和原始。艾略特最惊人的诗歌品质是极端凝练的力量,这在《荒原》中达到顶峰。无论是用押韵的自由诗体,还是用四行诗体,抑或用《小老头》中的无韵诗体,他的诗歌都有特别的表现力;他的诗歌用词简约(省略了单纯关联词),十分晦涩,极富修辞色彩。《灰星期三》的新风格表现出特别的放松。它高度重复,许多重复如同念咒。它围着一些诗句不停地转,如"因为我不再希望"或"教我们操心和不操心";它也玩弄语词,重复语词,只不过从语法上而言,这种重复没有必要:

> 因为这些不再是翱翔的翅膀
> 而仅仅是拍着空气的东西
> 空气现在彻底渺小和干燥
> 比意志更为渺小和干燥
> 教我们操心或不操心
> 教我们坐定。

> Because these wings are no longer wings to fly
> But merely vans to beat the air
> The air which is now thoroughly small and dry
> Smaller and dryer than the will
> Teach us to care and not to care
> Teach us to sit still.

如果我们用自己的话语复述艾略特前期的诗歌,我们必然会加词,正如我们解释诗歌时往往都会加词一样;但在这里和《灰星期三》中许多别的地方,我们若要复述,就必须减词。这里的诗歌效果,以及诸如第五部分开头的诗歌效果,是非常奇怪的;艾略特似乎没有想到自己在说什么。连续不断的行内谐音和行内押韵有着一些同样的效果;它们显得似乎不是有意而为。艾略特的语词似乎遵守的是联想法则而非理性法则。

> 蒙着面纱的修女会不会祷告——
>
> 为那些在黑暗中漫步的人,那些选择你和反
>   对你的人,
>
> 那些在季节和季节,时间和时间,小时和
>   小时,
>
> 词和词,力和力中间的角上被撕碎的人,那些
> 在黑暗中等待的人——祷告?
>
> 蒙着面纱的修女会不会祷告——为那些在
>   门口
>
> 不肯走开,也不能祷告的孩童祷告:
>
> 为那些选择和反对的人祷告。

Will the veiled sister pray for

Those who walk in darkness, who chose thee and
    oppose thee,

Those who are torn on the horn between season
    and season, time and time, between

 Hour and hour, word and word, power and
    power, those who wait

In darkness? Will the veiled sister pray

For children at the gate

Who will not go away and cannot pray:

Pray for those who chose and oppose.

这种风格与前期诗歌的修辞风格截然相反。在前期诗歌里，我们愉快地认识到诗人把每个语词放在精确位置，赋予它最大的力量；我们意识到每个语词的正确，声音和节奏都在支持和强调意义。这种风格也是完全非戏剧性的风格。意义消失在音乐一样流动的节奏中。这是一种抒情风格。在《灰星期三》中，艾略特获得了他之前很少获得的效果：特别辛酸的抒情。这种抒情调子在第二部分和最后的第六部分以特别的美感得到保持。但总体说来，这种抒情调子贯穿了全诗。那些传统的象征，如喷泉、泉水、岩石、鸟和笛子，属于抒情诗的世界。在这个世界里,感觉捕捉到立即浮现在脑海的意象,不会去寻求特别的意象,总是利用俗套的意象。《灰星期三》中的许多地方,读起来似乎是艾略特随手写下的东西。我们几乎意识不到艾略特在控制自己的经验,赋予其表达形式。

艾略特诗歌中的这种变化,只有提到以下事实,才能加以讨论。那就是,写作《灰星期三》时的艾略特是基督徒,而写作《荒原》时的艾略特不是基督徒。对于成年人,接受基督教身份要求的一切,这个皈依时刻的重要性无论如何高估都不过分。但是,艾略特接受基督教信仰,皈依基督教会,这与他诗歌内容和风格的变化,两者之间的关系非常复杂。在任何信仰选择和肯定的行为之后,都存在模糊的经验;有意识的心灵已将其转化成思想的表述,有意识的意志已将其转化成决定性的一步。艾略特诗歌中的变化,根源就在于更模糊的经验领域,而不在于有意识的行动,有意识的行动同样是结果而已。任何那样与过去彻底决裂的行动,本身是过去的结果,当它发生时,过去就呈现出此前没有看出的模式。现在找到的东西,是过去寻找的东西,因为要寻找任何东西,就等于按照它存在这个前提而行动,所以像在回归级数中,信仰先于信仰。但这种发现,这种对我们行动依据之前提的认识,改变了我们的生活方式,使接受某些义务成为必要。这种发现或认识是十分神秘的。没有人能够解释,为什么一度看起来难以置信的东西,无论它是否美丽、有吸引力或恐怖,会逐渐看起来就是真的,看起来就是其他一切真东西的基石和试金石。谈到天恩时,艾略特只是给了这种神秘感一个名字;他想到自己的选择,肯定同意耶稣之言:"你虽没有选择我,但我选择了你。"对于基督徒和非基督徒,皈依都难以理解。这种神秘感存在于《灰星期三》背后,但这首诗并不想接近它。但我们假定了其中有信仰的发现。正如标题所示,《灰星期三》是一首赎罪之诗;它是关于人的苦修,努力服从意志。但是,忏悔的主题——对神圣的渴望,接受自省、悔罪、告罪和满足等基督教律令——与另一个主题交叉。显然,这首诗源于个体的亲密经验,非常痛苦,所以至多只能暗示,如此切身,所以难以完全转化为象征。在感情的枯竭和复生中,在失落和迷茫中,在无欲和有欲中,都有痛苦。基督徒决心悔罪的主题和个人灾难的主题,几乎使每一行诗歌都晦涩难解。消除这种晦涩,不是批评家的任务。尽管现在集中心神悔罪，"现在绝不分心"，但过去罪孽的那种几乎难以忍受的感觉，不断搅扰现在悔罪的恒心，使得认罪和求恕看起来像是反讽。一方面是希望"建成在此之上欢喜的东西"，一方面是痛苦的现实；一方面是希望的东西，一方面是虽不希望但仍希望的东西；其间的挣扎和区别赋予《灰星期三》一种独特的深度。意志的这种有意识的努力，表现于惯用语句之中；心灵的运动表现于象征、幻象和强烈的感官印象。但是，那种经验——意志的努力从中产生——本身没有被探讨。

《荒原》和《灰星期三》之间的桥梁是《空心人》。这是艾略特一九二五年那部诗集中最后一首诗。《空心人》既是艾略特的旧风格的结束，也是其新风格的开端。它初次发表时，似乎很接近于"深渊的底部"；它用更加个性化的方式，表现了《荒原》中的荒凉感。《空心人》结尾的几行诗经常被引用，当成是惨败的哀号，来自"黑暗之心"的惨叫。它包含了一些新的意象，尽管在其中一闪而逝，但在艾略特后期诗歌中，这些新意象反复出现。结尾的几行诗可以当成是新生这个新主题的初迹。最后一行中"嘘的一声"可能是一个新生儿的

初啼。《空心人》的主题可能是表达了

诞生那一刻

就是我们知道死亡之时。

the moment of birth

Is when we have knowledge of death.

《空心人》探讨了《灰星期三》拒绝探讨的神秘感。这种神秘感也是《四个四重奏》的中心，是其中每首诗第三乐章的主题。《空心人》接近了一个转变的时刻，一个由下降变成上升的时刻。它很接近这一时刻，以至于它不能利用《荒原》和《四个四重奏》这两首诗各自不同的风格和手法。尽管它也采用了五个部分的结构形式，但这些部分中没有变化，不能让我们想起音乐的类比。《空心人》中的五个部分让我们想起五幕戏剧。第一幕是提示部分，第二幕引入冲突，第三幕是高潮，第四幕是高潮引出的新冲突，第五幕是冲突解决部分。不同的是，我们看到的是一出内心戏。可以说，《空心人》只有一点戏剧的影子。也可以说，它有一点诗歌的影子,因为所有的诗歌要素压缩到最低程度。《空心人》没有韵律的变化,效果如同单音调,如同没有变奏的吟唱。它的基础诗行尽可能短,一行只有两次重读,有时拉长至三次,偶尔出现四次,但又马上回到单调的两次重读。诗句结构也简化;有许多重复,经常用简单的并列句和同位语。语词也有类似简化倾向——只有"multifoliate"(多叶的)这样个别的语词暗示了诗歌语词的来源)——正如以下诗行:

那里,是一棵树在摇晃
而种种噪音是
风里的歌

There, is a tree swinging
And voices are
In the wind's singing

其韵脚暗示了抒情诗一样的美。在意象方面,《空心人》好像把此前和此后用过的意象都微缩在内。第一部分开头的"我们是空心人"(这里有一个漂亮而阴森的比喻，"像老鼠走在我们干燥的地窖中的碎玻璃上"），第二部分里在风中点头的"稻草人"，第四部分里"我们失去王国的破损下颚"（这个痛苦而紧凑的比喻，让人想起《荒原》中这一行诗，"那不能吐沫的、长一副坏牙的死山口"），第五部分里重写的儿歌童谣（"这里我们围着桑树林走"），这一切意象都像是我们在《序曲》《小老头》和《荒原》中看到的许多意象的标本。与这些意象混合在一起的，还有传统的诗歌意象，如星星（第三部分中"一颗消逝中的星星"和第五部分中"永恒的星星"）、树（第二部分中"一棵树在摇晃"）、声音（第二部分中"风中的歌声"）和阳光（第二部分中"一根断裂的柱子上的阳光"）。这些意象，加上但丁式的诗句（第四部分中"被聚在河水暴涨的沙滩上"），以及突然引入来自《神曲》的宗教象征（第四部分中"多瓣的玫瑰"），全都指向《灰星期三》和《四个四重奏》的意象。把这些意象当成反复出现的象征，连同"王国"这个强有力的语词（第五部分），把我们引向出自《主祷文》中语不成声的哀求，这些手法预示了艾略特后期诗歌中意象的处理。

《空心人》中的核心意象是"眼睛"。中间的三个部分,即第二、三和四部分,里面都出现了"眼睛"。第二部分写了看见的眼睛和没有出现的眼睛;第三部分写了责备地看着我们的眼睛或判断我们的眼睛,写了像在笑看着我们的眼睛和冷静地看着我们的眼睛;第四部分写了凝视着一张没有眼睛的冰冷的脸,写了我们一起在黑暗中摸索。"眼睛"(一个想象的眼神,一种记忆的眼神)的意象很早就出现在艾略特的诗里,即一九一一年写的《一个哭泣的年轻姑娘》。* 这是他一九一七年诗集《普鲁弗洛克和其他观察到的事物》中最后一首,风格似乎与集子中的其他诗歌都不同,甚至与在《灰星期三》前写的所有诗歌都不同。这首诗实际上是写一个雕塑,雕刻了一个哭泣的年轻姑娘,艾略特为在意大利的一家博物馆没有找到而遗憾。** 不过,它也写

---

　　* 我是从艾略特诗歌出色的法译本(参见皮埃尔·莱里斯,《诗集1910-1930》,巴黎,1947)中获知这个日期。海德为这个版本里的每首诗补充了写作日期,同时为《荒原》增补了宝贵的注释。

　　** 在1948年8月BBC三台的一次节目中,海伍德说,这首诗歌的情绪"让许多读者上当,以为这个'哭泣的年轻姑娘'是艾略特爱上的一个真实人物。这个误解可能源于这首诗的拉丁文题记:'姑娘,我该怎样称呼你呢……'其实,这首写的是猜想和遗憾。艾略特猜想某个雕塑藏在一家意大利博物馆,但遗憾的是,他在那家博物馆遍寻不得"。

了离别。艾略特想象这个年轻姑娘抱着送她的鲜花，在转身离别的那一刻，"眼中一掠而过的哀怨"。这是离别应该发生的样子，不像现实生活中发生时的尴尬和痛苦。这种想象的梦幻王国——其中的生活有艺术的风格——与痛苦的现实生活之间的反差，似乎构成了这首诗的基础，使之更为沉痛，已非表面题材所能解释。

离别的经验、转身的泪眼，后来有了一个更动人的版本。这首诗最初发表在《袖珍书》第三十九期（1924），后来收录在一九三六年的《小诗集》中，作为组诗《陶利斯的梦曲》的第一首。*

> 我最后一次看到的充满泪水的眼睛
>
> 越过分界线
>
> 这里，在死亡的梦幻王国中
>
> 金色的幻象重新出现
>
> 我看到眼睛，但未看到泪水
>
> 这是我的苦难

---

* "梦曲"第三首即《空心人》的第三部分。

这是我的苦难

我再也见不到的眼睛

充满决心的眼睛

除了在死亡的另一王国门口

我再也见不到的眼睛

那里,就像在这里

眼睛的生命力更长

比泪水的生命力更长

眼睛在嘲弄着我们。

Eyes that last saw in tears
Through division
Here in death's dream kingdom
The golden vision reappears
I see the eyes but not the tears
This is my affliction

This is my affliction
Eyes I shall not see again
Eyes of decision
Eyes I shall not see unless

At the door of death's other kingdom

Where, as in this,

The eyes outlast a little while

A little while outlast the tears

And hold us in derision.

在这首诗里,两人之间的一次真正分离的痛苦记忆,似乎隐含于"眼睛"的意象。在《家庭团聚》中,"眼睛"再次成为核心意象,但它失去了与特定事件的关联,即使我们可以感觉到,它的力量来自一个特别隐秘的人类境遇。戏剧的形式要求把这种受到关注的感觉具体化。艾略特只好把这部戏剧中的"眼睛"转化为复仇三女神的形象。如果他没有命名这些观看和追逐的眼睛,也许更好,因为借用古希腊戏剧人物形象,妨碍了对它们简单而恐怖的意义的理解。"眼睛"的意象在这部戏剧中经历了从复数到单数的变化:那些在哈里的心目中注视或监视他的眼睛,在他从阿加莎那里弄清真相那一场戏的高潮时,变成了"沙漠中唯一的眼睛",正如"那些不会让我睡觉的无眠的猎人",变成了"那个等待我,想我,不会让我跌落的猎人"。奇怪的是,艾略特作品中一再出现的"眼睛"意象,在《灰星期三》中却没有出现。《灰星期三》中反复出现的是"金色的幻象",不是流泪的眼睛,而是金发和鲜花。《四个四重奏》中"眼睛"的意象也消失了,似乎经过了在《家庭团聚》中的处理后,这个意象不再激发艾略特的想象。只是在《燃毁的诺顿》中,它一笔带过,也没有了令人痛苦的力量:"因为那玫瑰曾有过人们现在看到的花朵样子。"这里似乎暗示出得到关爱的幸福。

在《空心人》中,"眼睛"意象在人的意义和宗教的意义之间游荡。运用比喻"主的眼睛",运用祈祷语"看着我,我的主",运用短语"在你的眼睛里",这些明显是人的意象。如果这行诗"我不敢在梦里见到的眼睛"主要暗示我们在他者责备的眼光前感觉到沉痛的羞耻感,那么,它也能够暗示圣经中赞美诗作者的情绪:"在你的眼里,活着的人不可称义。"《空心人》中"眼睛"意象在第一次运用中人的意义最重要,在最后一次运用中宗教的意义最重要,但它可能两种意义兼而有之的事实,使之既不可能完全是第一次用法中人的意义,也不是最后一次用法中宗教的意义。"空心人"的希望是,眼睛可能"重新出现",我们人类的经验从而可能变得有效:

                          既是新的世界

又是旧的世界，在其部分狂喜的

完成中，在其部分恐惧的

消失中，变得明确，得以理解。

                          both a new world

And the old made explicit, understood

In thecompletion of its partial ecstasy,

The resolution of its partial horror.

　　我们不敢在梦里见到的眼睛，无论我们如何强调，都是审判我们的眼睛。我们意识到这个眼睛，就会觉得自己不足，觉得是空心；这是要把我们找出来的眼睛。《空心人》的献词"库尔茨先生——他死了"，把我们指向康拉德的小说《黑暗的心》。在《黑暗的心》中，马洛认为，正是荒野发现了库尔茨的空心：

　　在他身上缺乏一点什么东西——一点极不重要，但在迫切需要的时候，却无法在他的宏伟口才中找到的小东西。他自己是否知道这个缺点，我也说不清。我想对这个问题他最后必然已经明白——只是已经太晚了。可是这个荒野早就发现了他的这个毛病,并对他所进行的荒唐的袭击做出了可怕的报复。我想它曾在他耳边低语,对他说了许多他过去从不知道的关于他自己的情况,告诉了他许多直到他和这巨大的荒凉世界打交道以前,他连想也未曾想到过的事情——而那耳语一定对他具有不可抗拒的诱惑力。它在他的身体内部大声回响着,因为他的身子已是空心的了……①

但康拉德笔下库尔茨的空心不同于艾略特笔下那些挂着棍子的"朝圣者"的空心,不同于那些谴责他人"手段恶劣"的剥削者的空心,不同于那些可怜的受剥削者的空心。那些受剥削者"垂死的形状","横七竖八地扭曲倒下,四分五裂",如同"地狱中阴森的某一层"中的亡灵,可能让艾略特想起懒洋洋躺着的"空心人"意象。正如马洛认为,库尔茨是"一个非同一般的人物",不管如何,他临死前的惊呼——"太可怕了! 太可怕

---

① 本段采用了黄雨石先生的译文,下同。

了!"——是"某种信念的表现;这里面有热情,有信心,在他那耳语般的声音中包含着颤抖着的反抗的呼声,它具有只让人偶一瞥见的真理的可怕的面容"。马洛羞惭地将自己濒死的经验和库尔茨的经验做了对比:

> 我曾经和死亡进行过搏斗。这是你所能想象到的一种最无趣味的斗争。那是在一片无法感知的灰色的空间进行的,脚下空无一物,四周一片空虚,没有观众,没有欢呼声,没有任何光荣,没有求得胜利的强烈愿望,也没有担心失败的强烈恐惧,在一种不冷不热、充满怀疑的令人作呕的气氛中,你既不十分相信自己的权力,同时也更不相信你对手的权力。如果这就是最高智慧的表现,那么生命必定是一个比我们某些人所设想的更为神秘得多的不解之谜。我当时等于已经得到了说出我的一切想法的最后机会,可是我十分羞愧地发现,我恐怕根本没有什么话可说。这就是为什么我肯定库尔茨是个非同一般的人物的原因。他有他自己的话要说……一点不错,他曾经跨出了他的最后一步,在我被允许收回我的犹豫不决的脚步的

时候,他却跨出了他的最后一步,他却跨出了那悬崖的边缘。也许整个差别就在这里;也许,一切智慧、一切真理、一切诚意,恰好全部包容在我们迈过那不可见的世界的门槛时那无比短暂的片刻之中。

康拉德谈到构成小说集《青春》的三个短篇时说,它们代表了人的三个年龄段。《空心人》和《黑暗的心》一样,可以说是一部表现中年危机的作品。《灰星期三》中所谓"确凿时刻的虚弱光芒"已过去;它似乎只是一场梦,死亡的权力之下的一个幻象。我们置身的世界是"死亡的暮色王国",灰暗,渐黑,走向"我们必须踏过不可见的门槛"的时刻,进入"死亡的另一个王国"。但死亡的三个王国可能带有另一个含义。"死亡的梦幻王国"可能是幻想的、想象的或梦想的世界,远离真实经验的痛苦,在那里,观念没有转化成现实,超自然力量在生存中没有变现,没有遮蔽,因此不真实。"死亡的暮色王国"可能是此世,在"诞生和死亡之中的梦笼罩的暮色"里,那些"已经越过界限,目光笔直,到了死亡另一王国"之人,是走进黑暗的人,他们将幻想的世界留在身后，进入阴影。他们进入了一个"不是此世"的王国，对于那些"被聚在河水暴涨的沙滩上"的人，这似乎就是死亡的王国。

《空心人》的第一部分有一种彻底无意义的感觉，一种极端的怀疑论，是马洛说的他在临死前感到的怀疑论："一片灰蒙，漫无边际，到处是痛苦，对万物的转瞬即逝——哪怕是痛苦——都漠然鄙视。""空心人"就像但丁在跨过阴河进入地狱之前的宁泊地带时看见的痛哭之人，他们"活着没有受到责备，也没有得到赞美"，地狱拒绝接受他们，因为他们要是能进入地狱，"恶人会平添荣耀"。他们"没有死亡的希望"，"上帝不收，魔鬼不要"，他们也回不到阳世，美惠女神和正义女神都鄙视他们。第二部分给出了空心感的起源。艾略特在此用的是单数人称。这个部分谈到了拒绝。虽然痛苦和欢乐俱有，但欢乐是遥远的梦，一旦接近，就变成了痛苦，难以忍受的痛苦。欢乐变成了实际的幻象，变成了"暮色的王国里那最后的相逢"，一种甚至在梦中都难以忍受的东西。最好是做稻草人，故意伪装起来，回应偶然的狂风，偶尔意识到梦幻一样的阳光和甜蜜，也好过面对梦想实现带来的痛苦。我们所谓的

"爱的幻象",我们所知的"痛苦的现实",雪莱将它们分别看成是"孤独"这个"美丽的魔鬼"投射出的明面和暗影：

> 姐妹啊！孤独是美丽的魔鬼：
>
> 它不是行走在大地,漂浮于空中,
>
> 而是以轻柔的脚步,用无声的翅膀
>
> 扇着人们善良文静的心中藏着的温柔希望;
>
> 他们,被它的羽翼
>
> 和它温柔而忙碌的脚丫挑动起音乐的动作
>
> 抚慰到虚假的休息,他们梦见
>
> 轻柔快乐的幻象,称这个魔鬼为爱,
>
> 醒来,发现痛苦的影子,
>
> 正如我们现在向它致意。

> Ah sister! Desolation is a delicate thing:
>
> It walks not on earth, it floats not on the air,
>
> But treads with lulling footstep, and fans with
>   silent wing
>
> The tender hopes which in their hearts the best
>   and gentlest bear;

Who, soothed to false repose by the fanning plumes above

And the music-stirring motion of its soft and busy feet,

Dream visions of aereal joy, and call the monster, Love,

And wake, and find the shadow Pain, as he whom now we greet.

这种孤独,正是《空心人》第三部分的经验。在彻底的孤独中,远离欢乐的幻象和痛苦的现实,在死亡之地,孤独的形态可以获知,它是欲望。生命中的死者伸出他们的手,哪怕他们抬手做出的是看不见听不着的意象。跨过门槛,从死亡的梦中醒来,还是在感官的夜晚,我们的爱和渴望是否找到任何答案,这个问题没有应答;在死亡的另一个王国,我们是否只是自欺,那里没有满足我们温柔的对象,只有我们破碎的偶像,这个问题也没有应答。在终极的黑暗里,盲人一起默默地摸索,就连欲望在噩梦一样的厌弃中也似乎熄灭。唯一剩下的是绝望的希望:在极端情况下,眼睛将重新出现,不是我们接近它时会消失的幻象,也不是令我们难以承受的审判，而是作为天恩和正义，永不坠落的星星，永不枯萎的多瓣玫瑰，聚集了我们的欢乐和痛苦。在作为结尾的第五部分，可以肯定的是，阴影落在思想和现实中间，它是尘世必不可少的伙伴。面对这生存之谜，我们要么回到第一部分的怀疑论，说出我们关于生命的遗言是马洛"不屑一顾脱口而出的话"——"生命十分漫长"；要么我们用信仰的行为肯定生命有意义，尽管不是在这里的死亡王国，而是祈祷"天国是你的"，等待眼睛重新出现。《空心人》的结尾相当晦涩。我们不妨说，它的结尾是想祈祷，或者可以说，是发现祈祷不可能。结束时的短歌可以视为轻蔑的墓志铭，这个世界没有灾难的壮丽和辉煌，只是带着失败的简单嘘声，筋疲力尽的喘息，或者作为一个让人摸不着头脑的答案，回答生命之谜，用幼稚的话语宣告，这个世界终结于无助儿童一样的哭声，新生儿的第一声呜咽。

《灰星期三》中已经做出了选择。选择和决定不是它的主题。这不是一首连续的诗，而是组诗，关于一个主题的各个方面。从宗教角度来说，它的主题是忏悔；忏悔可以定义为对过去的正确态度，认清现在和对未来的决心。这组诗歌的节奏并不形成走向高潮的合力,也没有用节奏或语词的对比来追求效果。前三首诗歌最初发表在不同的杂志上,也不是按照它们出现在《灰星期三》中的顺序。* 这表明,想按照先后顺序来寻求主题的发展,可能是错误的做法。与其说其中是主题的发展,倒不如说是主题的回环。这组沉思性诗歌围绕的中心主题不是一种观念或经验,而是一种渴求的心态。与这个奇特的中心主题在形式上形成对应的是没有清晰的结构。《灰星期三》与探索经验的《空心人》《荒原》和《四个四重奏》都不同。不同之处在于,它包含的经验似乎与其真正的主题不太相关。它的主题是渴望一种只能靠来自梦中的经验或者靠诗中受到祝福的"女士"和蒙面的"修女"来暗示的心态。这种渴望主要表现在来自基督教的经典祷告词,根本没有用诗人自己的话语。

《灰星期三》中第一首诗歌围绕几乎是结成同盟的心态进行细致的辨析,如分辨后悔(regret)、悔恨(remorse)和忏悔(penitence)的区别,分辨漠然

---

* 《因为我不再希望》,《交流》,第 15 期(1928);《致意》,《礼拜六文学评论》,卷四,第 20 期(1927);《楼梯》,《交流》,第 21 期(1929)。

（indifference）和疏离（detachment）的区别。在这首诗歌中,心灵是清醒的,意识到了失落;它知道,力量消失后就再也不会回来,一度辉煌的幻象将会一去不复返。心灵必须学会在痛苦的悔恨和信仰的怀疑之间的刀锋上保持平衡。它必须放弃对过去不断地总结,接受覆水难收的事实。不是以疲惫和漠然接受现实,而是必须欢欣于

> 不得不去建成
> 在此之上欢喜的东西。

having to construct something
Upon which to rejoice.

这首诗歌的深刻来自意志的专注。意志阻挡了绝望的后悔或痛苦的反讽变成主调。但这两种调子都可感觉到,它们吸引心灵在天恩和审判中保持宁静的努力,吸引心灵不去接受"上帝比我们的心更伟大,上帝知道万物"。开头的一行诗"因为我不再希望重新转身"在接下来第二、三行中得到重复和修订。这行诗挪用了意

大利诗人卡瓦尔蒂一首诗的开头。卡瓦尔蒂死于流亡。他没有希望回到家乡托斯卡纳和爱人身边。在卡瓦尔蒂的诗中，那一行只表达了流亡的哀伤；但在艾略特挪用后，它有了更阴郁的调子。它暗示回应的能力已耗尽。它似乎更接近奥赛罗对苔斯狄蒙娜顺从于野蛮的嘲讽*，而非卡瓦尔蒂流亡的幽怨。面孔已转向另一个方向，知道亡故的过去必须埋葬过去的死者。

《灰星期三》的第二首诗歌中，我们置身于一个想象的世界，但在强烈的痛苦和无心的轻浮之间，在操心和不操心之间，同样需要保持微妙的平衡。开头一行诗歌中三只吃饱喝足的白色豹子，是一个阴险而美丽的意象，我认为不可以做讽喻阐释，而应该作为神秘有力的意象保留。静止、满足而安宁，三只巨兽坐在树

---

* 罗多维科：真是一位顺从的夫人。将军，请您叫她回来吧。

奥赛罗：夫人！

苔丝狄蒙娜：我的主？

奥赛罗：大人，您要跟她说些什么话？

罗多维科：谁？我吗，将军？

奥赛罗：嗯，您要我叫她转来，现在她转过来了。她会转来转去，走一步路回一个身；她还会哭，大人。她还会哭；她是非常顺从的，正像您所说，非常顺从。（《奥赛罗》，第四幕第一场，朱生豪译）

下，它们已经完成进食。残留的骨头就留在身前，白光闪闪，啃得很干净，而白骨里的东西在叽叽喳喳地说话。这个意象令人愤怒，但又奇怪地美丽，因为没有怀恨，更像是终结。在三只巨兽的旁边，一位穿着白袍的美丽夫人陷入了沉思。她的心思完全到了远方，完全无视身边闪光的白骨。受到她的遗忘启发，白骨里的东西也渴望遗忘。动词"dissemble"的使用增加了一丝反讽：它似乎主要是用作一个特别的意义"伪装起来"，作为"组合起来"（assemble）的反义词，来描述人格的组成部分四分五裂，尽管其通常的意义"伪装"（disguised）仍然在场，因为一个"我"在这些乱七八糟的碎片中出现。这些有点夸张的诗句强化了反讽，把不想要的东西"提供"给不想要的人。同样，动词"recover"也有双关意义。它既指把暴露出来的东西——白色豹子拖出来抛弃的食物内脏——重新盖住，又指重新恢复这些剩余物的生命。* 这首诗歌结合了

---

* 第二层含义是古义，但它对于诗人们来说成立，是因为德雷顿在一首关于爱情死亡的著名十四行诗的结尾写道："假如你愿，在一切抛弃他的瞬间，／ 你仍然可以使他死里逃生。"（朱生豪译）

人的象征和先知的预见。在《以西结书》第 37 章,先知以西结预见了一个山谷,到处都是枯骨,"非常干枯"。《以西结书》该章内容是这首诗歌的主要基础,而先知以赛亚预见的荒野和孤独地方,以及将要如同玫瑰一样开花的沙漠,也为这首诗中连祷文一样的赞美提供了弦外之音。但这些只是这首诗的元素,本身不会提供解读的钥匙。"上帝说,给风的预言,只给风",这道命令后跟了一个相当不同的转折,插入了这一行诗,"因为只有风会倾听"。记忆的玫瑰,遗忘的玫瑰,这个意象比起先知以赛亚在沙漠中看见神奇绽放的美丽玫瑰更加复杂。精致、轻盈而美丽的连祷文的节奏,白骨在对这位夫人歌唱的连祷文,是它们献给这样一个"学会了操心和不操心",或者用这首诗里的语言,学会了简单的记忆和遗忘之人的颂歌。因为这位"夫人"是白骨里的东西渴望的样子,她近似于我们理想中的"女神",身上汇聚了

创造与善的品性

quantunque in creatura e di bontate.

我们感觉到,这个寂静的"夫人"既是贞女玛利亚,又是圣母玛利亚,把完美的纯真和至高的经验集于一身;她既是光荣的圣母玛利亚,又是悲伤的圣母玛利亚,她在摇篮边欢笑,在十字架下哭泣,她受到加冕,又用剑穿心。这首诗的结尾又回到了开头的乐章,我们再次看到在白昼阴凉的桧树下四散的白骨。但白色的豹子已不见,因为这里是"没有满足的爱"的折磨的终点:

> 没有满足的爱
> 折磨大于
> 得到满足的爱。

> Of love unsatisfied
> The greater torment
> Of love satisfied.

这里的节奏和开头一样,让我们远离了诸如插入语的诗行"我们相互不做好事"的痛苦,允许我们接受诸如"沙的祝福"。这种节奏使得"划分和统一都无足轻重"这行诗不是愤世嫉俗,使得重复"这是大地"以及补充

"我们有我们的遗憾"这行诗不是反讽。事实上，正是在这首诗的节奏中，我们感知到它的意义，因为在它的节奏中可能听到一种涟漪。这种涟漪可以在《小吉丁》的第三乐章中再次听到。那里的用词和意象虽然大为不同，但主题也是

记忆的用途：

为了解脱——并非要爱得少些，而是要将爱
超越欲望，于是从将来，也从过去中
得到解脱。

the use of memory：

For liberation — not less of love but expanding
Of love beyond desire，and so liberation
From the future as well as the past.

正是这种柔软而流动的节奏，赋予了祛魅的诗行和场景一种魅力。这里的音乐蕴藏着宁静的希望，除了宁静，还有欢乐。

　　《灰星期三》的第三首诗歌中，我们离开了这个想

象的世界,来到一个充满讽喻和精美象征的世界。其中"楼梯"意象传统而醒目,魔鬼的三次诱惑生动而清晰。与恶魔一般的楼梯搏斗,那楼梯

有一张骗人的希望和绝望的脸庞,

who wears
The deceitful face of hope and of despair,

它带我们回到"我们讨论太多,解释太多"的东西。形状扭曲、恶魔一般的楼梯

在恶臭的空气烟雾中

Under the vapour in the fetid air

神奇地再现出伴随我们内心不停争执的痛苦和压抑,再现出这种放纵带来的酸气和头痛。此外,还再现出纯粹自我厌弃的阴郁、败坏和失败,一切似乎失去意义,不足为怪,也不恐怖,只剩污秽和恶心。在第二节

楼梯的转弯处,我们从黑暗中走出来,像穿过一扇美丽诱人的窗,世界突然出现。随着诗行拉长,这首诗的乐章使我们觉得,人有强大的复活力和重新追求欢乐的能力。这个世界看起来甜蜜和新鲜。在上楼的过程中,我们的心灵走神片刻,滑入短暂的梦幻,直到它想起自己的任务。在回忆面前,梦幻消失。这些连续不断的情绪,或者众所周知的心态,我们可分别称为自我吸收的诱惑、自我厌恶的诱惑和自我放纵的诱惑。或者我们可将它们看成是对真诚、悔悟和爱的阻碍。邓肯-琼斯女士在一篇评论《灰星期三》的文章中[*],不是将这三节楼梯与《神曲》中走上炼狱山这个行为相联系,而是与走向炼狱山的三个阶段相联系。但丁的评论者们从寓言的角度解释,认为这三个阶段分别代表真诚、悔悟和爱。从宗教的角度解释,则分别象征悔罪、告罪和用基督之血洗罪。《灰星期三》共包含六首诗,其中第三首在叙事模式和明晰意象上最接近但丁风格。这首诗歌可以从心理、道德和宗教三个层面解读。这三层意义孤立来看全都成立;这与《灰星期三》

---

[*]　载于《T.S.艾略特:作品研究》,B.拉赞编。

里梦幻般的第二首诗不同,那里要是孤立来看各层意义就不成立。在第二首关于想象的诗里,不同层面的意义不能区分,如果用一套术语来解释,不仅有失偏颇,而且完全错误。

《灰星期三》看起来不像是有意要呈现一个主题的发展,但在第三首诗歌之后的确有一个断裂,张力似乎出现了松弛。后三首诗歌在意象和风格上比起前三首诗歌相互间的联系更加紧密,它们之间存在主题的连续性。那个戴着面纱,像修女一样的人,在第四首诗歌高潮部分出现,做了一个神秘的手势;她在第五首诗歌中受到祈祷,为那些饱受怀疑和犹豫折磨的人排忧解难;她在最后的第六首诗歌中,被乞灵的人称呼为"幸福的姐妹,神圣的母亲"。她比前面第二首诗里沉思的"夫人"更加温柔。她的姿势似乎是表示认同、赞成或祝福;她放出泉水,得到鸟声的回应,鸟儿重复着诗人在梦中听到的话语:"拯救时间,拯救梦境。"像那个沉思的"夫人"一样,她的美德也指引我们想起圣母,特别是领报节的圣母:玛利亚领报了天使的信息,救世主将借助她的孕育来到世上。后三首诗歌的宗教主题是道成肉身,通过道成肉身,时间得到拯救。它们阐释的神秘正是约翰福音开场的神秘:"他在世界,世界也是借着他造的,世界却不认识他。他到自己的地方来,自己的人倒不接待他。"

《灰星期三》的第四首诗歌,回到了记忆的主题。它让人回想起春日的林花和郁郁葱葱的草木,回想起明媚温暖的夏日,因为与相爱的人一起散步而显得更加可爱。"始终携带着长笛和提琴"的岁月在梦中恢复了昔日的美。像一朵叶间的花儿,披着、笼罩着、覆盖着她那白色的光,裹了起来,那个可爱的人再次走动。就像寓言中的一场盛宴,戴着珠宝的独角兽拖着镀金的灵车载着青春和爱前去埋葬,听到哭声中回荡着:

拯救

时间,拯救

更高的梦里未曾读到的景象。

Redeem

The time. Redeem

The unread vision in the higher dream.

那个蒙着蓝白色(这两种颜色在前面的诗里出现过)面纱、一直默默劝勉人们的修女,站在丰收之神果园神之后,长笛无声。记忆和梦想流淌,梦想似乎把记忆神化。两者都是"未听到、未说出的道"的标志,是流放中好像呼吸到家乡空气的时刻。如果说这首诗歌像是暗示了约翰福音中"他在世界"这一句,那么,《灰星期三》的第五首诗歌解释了约翰福音中"世界却不认识他"这句话。在这里,没有梦想和幻觉,只是一种时间失落和抛掷的感受,只有一种做出了选择然后撤销的感受,只有一种从来没有最终决定的感受。这种对于不变和永恒的逻各斯的武断肯定,这种来自谴责曲的严肃叠句,与那些人的质疑形成对照。那些人走在黑暗中,选择和反对、肯定和拒绝,甚至最后在花园中找到沙漠,在干旱的沙漠中找到花园,在没有味道和枯萎的嘴巴中发现古老花园罪恶的最后残迹。蒙面的修女代表信从的一类人,心灵破碎的人向他们乞求。她默默地拯救时间,将一切东西保留在心中,独自沉思。那些被喧哗不止的世界吹得旋转,受制于季节和时间左右的人,飘摇到最后一刻;甚至在最后一刻,还被恶心驱使,恶心于一度甜蜜但现在无味干硬,仍然必须放弃的东西。除了这种徒劳的努力,只剩下上帝的耐心(上帝忍受人类的背叛),只剩下神圣的美(神圣的美可以代为人类的背叛求情)。然而,在《灰星期三》最后的第六首诗中,表达了对人类缺陷的接受。这是一首特别优美的抒情诗。用来呈现感官和欲望复活的美丽抒情没有受到悔恨或羞耻感的打扰。尽管思想有动摇,但意志却坚定。意志满足于在"死亡与诞生之间的紧张时刻"等待,在三个梦想——无辜之人的幸福梦想、爱情梦想和圣洁梦想——越过的寂寞之地,在两棵低语着生死的紫杉之间等待。那个得到赐福的修女、圣洁的母亲——人们乞灵于她,保持正确的意志和真诚的心灵——是耐心的楷模、爱的典范。她也是泉水之灵、花园之灵、河流之灵和海洋之灵。这首诗歌里有一种创造出美好的感觉:"世界也是借着他造的"。

《灰星期三》是艾略特最晦涩的诗歌,其解读也最受读者的气质和信仰左右。它没有《荒原》和《四个四重奏》美丽的形式,但有它们——在那些作品中我们完全意识到作者的存在——挥之不去令人不安的美感。我们受到潜在的好奇挑逗,哪里去找这种更彻底的分离,"一边是经历苦难的人,一边是创造的精神",因为尽管艾略特在以"我"的身份言说，不像在《小老头》中用"人格面具"或在《荒原》中用各种面具，但他没有对我们言说。他的象征和意象具有内心世界的主观任意性，没有进入自我解释的艺术世界。他很不情愿分享自己的秘密，或许因为在一定程度上那仍然是他自己的秘密。

相比之下，与《灰星期三》几乎同时创作的《阿丽儿诗》（1937）中的四首诗歌就十分简单。这组小诗似乎受到两种相互联系的冲动激励：一种是严格客观地对待《灰星期三》各种主题的冲动，一种是为更多读者写作的冲动。这四首诗最初都是以廉价的小册子形式独立发表，广为流传。前面两首是借助见证历史事件的历史人物独白。① 他们都有清晰的文学来源。《三圣人的旅程》（1927）是根据一篇布道文写成，这是兰斯洛特·安德鲁斯一六二二年在白厅为英国国王詹姆斯布道。诗歌开头几行直接引用了那篇布道文，整首诗深受布道文节奏的影响，比如，生动的口语，与语词和意

---

① 我有意寻求《新约》的历史性问题，因为在读这些诗时肯定有此想法，它们包含了客观想象的历史重构。

义的搏斗,断奏的诗体。《西蒙之歌》(1928)详细阐释了西缅祷词和路加福音第二章中西蒙的预言。它回荡着钦定圣经的比喻和抑扬顿挫。这两首诗都直接清晰,句子结构严谨,使用了传统的标点。第三首诗《一颗小小的灵魂》(1929)用具体的例子进行普遍沉思,思考在脱离上帝之手和脱离时间之手的过程中的人生之路。它有明晰的客观性,非人格化。第四首诗《玛丽娜》(1930)最美丽,再次运用了神话。独白者是老国王伯里克利,在他最清醒的时刻,在经历了风暴和漫长海程之后,他找到了失落于海洋又被海洋送回来的女儿玛丽娜。失而复得的主题完美地体现于这个神话的语言。在这首诗的核心,有着《灰星期三》中美丽的自然意象。它的主题是《空心人》中一样的希望;"眼睛重现","意象回旋"。

在《三圣人的旅程》和《西蒙之歌》中,说话者都是老人。他们见证的事件,标志着旧统治的结束和新统治的开始。他们见证的事件,推翻了他们生活凭靠的价值秩序,使得旧统治难以为继。这两首诗都是关于危机的诗歌。在危机时刻,新的价值似乎摧毁了旧的价值。老国王伯里克利回到他的王国,觉得他的子民异常陌生：他们紧守住他们的神祇，那些一度也是他的神祇。他不耐烦地等待身体死亡的解脱。"公正虔诚"的西蒙回忆起他的人生，守着律法，得过荣耀，但在幻象中看到耶路撒冷和神庙即将到来的毁灭，他的子民将四处流散，他赖以生存的一切将烟消云散。他看见那些背负十字架的耻辱之人，"在犹太人看来是绊脚石，在外邦人看来的愚妄"，将获得的光荣和嘲笑。他知道，有一种思想的狂喜，要为那些人祈祷，召唤他们进入以色列的新宗教。他知道，这不是为自己，因为他属于《旧约》的世界："顺境是《旧约》中的恩泽；逆境是《新约》中的福祉。"

安德鲁斯主教的布道为《三圣人的旅程》提供了两个基本主题。在布道"你看，从东方来了三圣人"时，安德鲁斯首先阐释了三圣人的信仰，他们在一年中最寒冷的时候，不畏艰难困苦，长途跋涉而来。"首先，他们来自遥远的地方。这与牧羊人不同，到伯利恒就一步之遥；他们要走几百里，走几天几夜……穿过沙漠可不是好玩的，一路上都很荒凉。旅途也不容易；因为沿途都是阿拉伯沙漠的悬崖峭壁，尤其是石化地区……非常危险。他们要穿过'肯达尔人的黑色帐篷'，那些人全是强盗,谋财害命;他们要经过土匪盘踞的群山,那时很有名,现在还是很有名……他们不是在夏天来,而是在今年这个时候,恰恰在一年中最糟的月份才上路,如此漫长的旅程;路途遥远,气候严峻,冬日一片死气沉沉,'正值隆冬'。"接着,安德鲁斯追问三圣人的发现。他将三圣人与希巴女王做了比较。希巴女王也远道而来,但看见的是光彩照人的所罗门。"与她的发现不同,这里只是这件事,一个孩子出生了,哪怕今后证明是个君王,却在这样贫穷和不可思议的环境中诞生。没有任何宽慰他们的场景,没有任何让他们觉得更受益的话,没有什么值得他们长途跋涉的好处……但是,当他们见到耶稣诞生,就接受了他,不管怎样,他们就向他朝拜。"在这两个基本主题——三圣人的漫长旅程和他们走了那么远最终见到的是平凡而神秘的事件——之上,艾略特增添了他招牌式的主题:诞生之痛,诞生作为一种死亡的观念;但他严格要求他个人特色的主题和意象服从这首诗近似戏剧性的本质。在描写"温煦的山谷"这个美丽的诗节,其中的意象对于艾略特来说无论有怎样的个体意义,但由于它们象征性指向了耶稣遇难处的三个十字架,因此获得了普遍的意义。"映着低低的天空"的"三株树"象征着耶路撒冷城墙外小山上取下来做十字架的树,那"为了几个碎银掷着骰子"的"六只手"象征着耶稣遇难处十字架下的掷骰子和无辜鲜血的代价。* 因此,整个场景不仅是三圣人旅途的插曲,而且是一个意象,象征着耶稣降临的这个人世的漠然和残酷。

---

* 在《诗歌的用途》中,艾略特谈到一个作者的意象时说:"它来自他早年以来的全部的感官生活。为什么对我们所有人,出于我们在人生中听到、看到、感觉到的一切,某些意象经常出现,充满感情,而不是另外的? 一只鸟儿的歌声,一条鱼的一跃,在特定的时间地点,一朵花的芳香,一个老妇人在德国的山路上,从开着的窗户看得见的六个恶棍在法国铁道小站的夜晚玩牌,那里有一个水车:那样的记忆可能有象征价值,但究竟什么象征价值我们说不清,因为它们逐渐代表了我们不能透视的情感的深渊。"这种个人记忆的转化,赋予它一般的象征意义,一个小小的例子就是下面这首诗,它以熟悉的故事语言诠释了个体经验。

> 拂晓,我们来到一个温煦的山谷。
> 在湿漉漉的雪线下,种种植物气息袭人,
> 小溪潺潺,一辆水车拍击黑暗,
> 三株树映着低低的天空,
> 一匹年迈的白马在草地上奔腾。
> 然后我们来到一家门楣上绕着葡萄叶子的酒店,
> 敞开的门里,六只手为几个碎银掷着骰子,
> 脚又在踢空空的酒皮袋。

如果说《三圣人的旅程》和《西蒙之歌》分别书写了作为《灰星期三》中一个要素的精神枯竭，那么，《玛丽娜》体现了《灰星期三》仅仅暗示的东西。《灰星期三》中仅仅是一个个梦的那一个梦，在《玛丽娜》里成了一个睡眠者醒后面对的现实。

> 对意义的探索恢复了经验，
> 在不同的形式中，超越了所能归于
> 幸福的任何意义。

造船的辛劳，"我已忘却，现在又记起"。尽管不适于出海，但我还是"作了这次航程"。画眉的歌声，松树的芳香，透过浓雾传来，梦中听到的鸟语，那张"更模糊而更清楚"的脸，"手臂的脉动，更虚弱而更强壮"，这些是相认时刻狂喜的序曲。正如《空心人》是《荒原》和《灰星期三》之间的桥梁，《玛丽娜》是《灰星期三》和《四个四重奏》之间的桥梁。《灰星期三》不能直接表达的东西，在《玛丽娜》中得到表达。这里没有借助专门的基督教话语或象征，但整首诗弥漫了基督教的希望，上帝实现了他的承诺，"看啊，我使万物新生"。在《荒原》行将结尾,那条欢快地行驶在茫茫海面上的船只,用来作为生活美好的意象。这是一个精彩的意象,象征了东方伟大宗教所追求的内心的安宁与平和。《玛丽娜》中的航程在海洋中发现了一个岛屿,再次看见了一张可爱的脸。它的主题不是灵魂的不朽,而是灵魂的再生。

六　戏剧语言

我跟你们说话总得用些词

但你们是懂还是不懂

对我毫无关系对你们毫无关系

斯威尼(《斗士斯威尼》)

那些没有做同样事情的人，

他们怎么知道我做的什么？

你们怎么知道我做的什么？

比那些敲门的疯子，

你们怎么会知道得更多？

托马斯(《大教堂凶杀案》

我只能说话，

但你不能听到我在说什么。我只能

说话，

目的是让你不会认为我在隐藏自己
　　的解释，

是要告诉你，本想跟你做出解释。

哈里(《家庭团聚》)

艾略特想用戏剧语言表现他对生活中厌烦、恐惧和光荣的观点。这为我们带来了十七世纪以降最好的英语戏剧诗。值得讨论的是，他是否成功地写出了一部伟大戏剧。这个问题的出现，不是因为我们看见他戏剧写作的技术缺陷而不安。他的技术缺陷包括：提示部分过于笨拙，动机不足或不可信，明显依靠巧合。我们经常听到这些抱怨，指责这个想为舞台写作的诗人。但这些批评可以忽略不计，如果我们的想象力真的感动于表现主要场景的戏剧和诗歌的力量。艾略特戏剧的问题在于戏剧中心。如果说是一种缺陷，那么，它们的缺陷是根本的缺陷；如果说是一种成功，它们的成功让我们有必要重新定义所谓的戏剧。如果在一部戏剧的高潮，主人公不能用行动或语词表现自己，旁观者虽清，却只能告诉我们,这个世界上发生的事情难以解释,"冲突的解决在另一个世界",那么,我们必须问一个问题:它的戏剧表现力是否完整?艾略特的戏剧里有戏剧性的时刻,有戏剧诗;但戏剧性的时刻和戏剧诗合起来并不必然就是一部戏剧。我们想知道的是,它的主题是否用戏剧性的手段表达,是否适宜戏剧性的处理。关于托马斯·贝克特的殉道或者哈里的皈依,艾略特的看法会否与亨利·詹姆斯对《反射器》的看法相同?詹姆斯说,《反射器》可能没有优雅的故事,因为故事总是引出"谁的故事"这个问题,但他认为,这部中篇小说有戏剧逻辑:"我觉得,我的主题虽小,却是直接的行为,所以将它放在那神圣的戏剧之光里,即便光很弱,也要尽可能地有序和规范,让它真正可以理解。"《大教堂凶杀案》(1935)和《家庭团聚》(1939)中似乎匮乏的,正是这种为了便于理解的"神圣的戏剧之光"。我们看完它们,走出剧院,对它们很感兴趣,甚至深受感动。但我们不会对戏剧中的行为或者人物有兴趣。戏剧中的行为对我们没有影响,戏剧中的人物作为个体既不有趣,也无说服力。意义既不在戏剧行为中,也不在戏剧人物身上。"我们写的东西，"阿加莎说，"不是侦探故事，犯罪（crime）与惩罚（punishment）的故事，而是罪孽（sin）和赎罪（expiation）的故事。"问题是，处理"罪孽"（sin）的戏剧还能否称为戏剧？换言之，戏剧是否像法律一样，只处理"犯罪"（crime）？

艾略特戏剧写作的三次实验与他诗歌发展的三个阶段密切相关。构成《斗士斯威尼》的两个片段*力图用戏剧性的方式处理他前期诗歌的主题。《大教堂凶杀案》与《灰星期三》和《阿丽儿诗》有许多共同点；它有一个基督教主题；它通过虔诚这个中心主题和合唱队主题的反差，提出了《灰星期三》中同样的关键问题。《家庭团聚》与前两次实验不同，预示而非追随那些与它最相似的诗歌。尽管它处理了《灰星期三》中的经验，但它处理宗教主题时没有直接影射基督教的学说或者运用基督教的象征。创作时间介于《燃毁的诺顿》和剩余的三个四重奏之间，《家庭团聚》力图用戏剧方式表现《四个四重奏》主题的发现。

《斗士斯威尼》的两个片段也称为"来自阿里斯托

---

* 首发于《标准》（1926 年十月号和 1927 年一月号），成书于 1932 年。

芬情节剧的片段"：换言之，它们是穿插了合唱的戏剧。它们中间明显的戏剧部分只是起对照或插入作用。第一个片段《序诗的片段》开场对话的两个少女是达斯蒂和陶利斯。她们在谈论帕雷拉"该付房租"的事情。她们的对话不断遭电话铃声打断。电话是帕雷拉打来的，他要找陶利斯，陶利斯怕他威胁，不想接电话，达斯蒂胡吹了几句为她解围。陶利斯决定拿出绝活，为当晚算算运气。她最终抽到了黑桃 2，就停止了算命，因为黑桃 2 代表"棺材"；而这预兆恰恰出现在当晚的聚会之前！这个序诗片段最后在喧闹的寒暄和男人们的夸口声中结束。第二个片段《一场争论的片段》中，戏剧性对照由忧伤的斯威尼提供；他的"一个男子曾骗过一个姑娘"的故事，带出了另一个类型的情节剧。《斗士斯威尼》的主题是隐藏于日常和丑陋之后的厌烦和恐惧。它们掩藏于"电话、唱机、汽车、两个座位的车、六个座位的车、雪特龙、劳斯莱斯"以及派对和宴饮的必需品。但在提到帕雷拉——陶利斯不可能永远不接他的电话——的名字时，在"棺材"黑桃 2 出现之时，厌烦和恐惧都会爆发。当斯威尼按照自己的意图讽刺地改编食人族岛屿的玩笑，把它当成生活的意象，生活不

外三件事,"出生、性交、死亡",它们的出现打断了聚会。斯威尼的"一个男子曾骗过一个姑娘"的故事中,那个男子

> 让她躺在澡盆里
> 躺在一加仑的杂酚皂液里

> kept her there in a bath
> With a gallon of lysol in a bath

恐怖作为对厌烦的神经质反应而出现:

> 任何一个男子都可以骗一个姑娘
> 任何一个男子不得不,也肯定想要
> 在一生中有一次骗一个姑娘。

> Any man might do a girl in
> Any man has to, needs to, wants to
> Once in a lifetime, do a girl in.

想参加派对来逃离厌烦,整日忙碌于喝牛奶和讨论付房租,这样的外在生活伴随着梦魇般的内心生活。这种主题肯定提供了戏剧性的时刻。但是,如果说艾略特真的有这打算,我们也难以看懂他怎么可能将它写成戏剧。因为这本质上是静态的主题。在《关于戏剧诗的对话》(1928)中,艾略特借他笔下人物之口说:"什么伟大诗歌不是戏剧性的诗歌?……谁是比荷马或者但丁更有戏剧性的诗人?我们是人,我们对什么有比对人的行为和人的态度更有兴趣?甚至在他用卓绝的技艺攻击神灵的秘密时,但丁还不是让我们注意人对于这种秘密的态度问题,这个问题难道不是戏剧性的问题?"我们现在经常笼统地使用"戏剧性"一词,往往用来指"有一些戏剧特征",主要是指惊讶。但人的态度能有什么戏剧性?有些态度最初有戏剧性,但许多没有。但丁在《天堂篇》结尾时说,他的态度是"固定的、不变的和专注的",宣布"在这种光的照射下,人就变成这样,从那里转向任何其他的光景都是不可能的",这时,他在描写完全没有戏剧性的态度。天堂里没有戏剧性,表明戏剧性的生活是变化无常的。一个场景开始时如果正处于变化,它有戏剧性,但我们觉得

"这不可能保持，因为有些东西必然会发生"。如果我们觉得"正在发生的某样东西正在改变与之相关的各方人物的一切"，那么这是十分戏剧性的时刻。当我们感觉到"某些东西发生了；现在一切都不同了"，这时戏剧性就结束了。因此，人的态度可能在最开始时有戏剧性，它也可能是戏剧的结果；态度的改变能够给我们带来戏剧，尽管如果它不表现于行为，或者不是行为的原因，这种戏剧将是非常罕见的类型。两种态度的反差带来的震惊，能够给我们一些东西，像戏剧带来的惊讶，以至于我们可以把斯威尼打断派对的邪恶恐怖故事称之为戏剧性时刻。它不是戏剧，但它有戏剧性。斯威尼在讲述故事时避开了戏剧性。让他印象深刻的是非戏剧性：浴缸中死去的少女，思考要谁活要谁死的杀手，送奶工每天的上门。斯威尼觉得难以用自己的话——用他觉得能够充分表达的语言或者用他的听者可能理解的语言——表达居于生活核心中的恐怖。这种无力感暗示出《斗士斯威尼》的主题甚至不是空虚和绝望的对照，而是能够意识到的人和不能意识到的人中间固定的鸿沟："你不懂他们，你不懂——但我懂他们。"我们看不懂这样一个主题如何可能演绎，除了重复;因为不可能想象陶利斯、达斯蒂和来客的态度会有任何变化。艾略特前期诗歌的主题在《荒原》中得到完美表现,《斗士斯威尼》似乎是《荒原》的盲肠。只有场景表现,人物圈子狭窄,这种在《荒原》中似乎是普世的"厌烦",可以当成某个阶层和时期茶余饭后的消遣而忽略不计;这种"恐怖"要么琐碎,具有相当明显的象征,正如在电话铃和敲门声的象征性,要么丑陋,正如斯威尼讲述的《世界新闻报》上的故事。

但是,看起来很可能,艾略特写这两个碎片的冲动,与其说是写作戏剧的冲动,不如说是希望做写作戏剧诗的实验。尽管《斗士斯威尼》在主题上是重复,但在风格上是创新。《磐石》中的盛大演出,在更大的程度上,不应该认为是戏剧实验,而是为艾略特提供了一次机会,写作另一种类型的戏剧诗:合唱诗。戏剧中对白的韵律和合唱队的韵律之间的传统区别,也是一个实际的区别。合唱队必须用强调的口吻,否则意义就会失落;它必须合着拍子,不能沉迷于速度和语气的变化。众人一起说话,不可能像一个声音那样有复杂的变调,围绕一种有规则的韵律做无数的变调,形成诗歌的音乐性。如果韵律是有规则的,合唱队很快就会将这种韵律压缩为单调的声调。我们只要听过一个班级的学生一起背诵不宜背诵的诗歌，就会明白这点。因此，合唱诗必须用自由体书写；必要的变化必须内在于韵律结构，诗行长度必须有变化，每行用的时长也要有变化。如果说对白接近说话，那么合唱诗必须接近吟唱。《磐石》中的合唱很大程度受到钦定圣经节奏的影响，受到新约中赞美诗的影响：简洁的句法，加强语气的重复，节奏的变化，这些是合唱诗必备的特征。

这些实验在《大教堂凶杀案》中达到顶峰。托马斯的殉道对于一部坎特伯雷戏剧节的作品来说是必然的选择。与这个圣徒的名字相联系，无疑更有吸引力。精神和世俗力量的冲突，教会和国家之间的关系，这是话题性的主题，是艾略特在随笔中经常谈论的话题。贝克特的人生似乎蕴藏着惊人的戏剧性和悲剧性的潜力，因为"这场恐怖的事实"发生在这些人之间，他们尽管不是密切联系——亚里士多德认为如此最好——至少通过友谊这根古老的纽带密切联系；这事件有特别的恐怖，由于在凶杀之罪中增加了神圣性。但是，尽管教会和国家的冲突在戏剧中一直存在，但它服从于另一个主题，服从于艾略特故意躲避的个人关系的戏剧性。戏剧中,国王没有出场,骑士不是主要人物,但他们首先是一帮人,其次是一个态度。他们为了一个理念或为了不同的观念而杀人。他们不是表现为受到个人激情和动机驱动的个体。这部戏剧的中心主题是殉道,最严格古老意义上的殉道。因为殉道的意思是见证,教会起初没有把殉道局限于给用鲜血来封印见证的人;这是后来才出现的区分,用来区分殉道和忏悔。我们不会认为殉道者主要是为了事业受难,或者为了真理献身,而是把他作为超自然的可怕现实的见证。托马斯看到"饥饿之鹰"捕猎很吃惊,但这个行为在某种意义上不重要。它不重要,不像所有发生的一切都要走向的戏剧的高潮。我们反复得到警告,我们不是观看一系列事件,有一般包含动机、行为和结果的戏剧逻辑,我们观看的只是依靠上帝的意志而非人的意志的一种行为:

> 短期之内,那头饥饿之鹰
> 只会在高空展翅盘旋,朝低处窥探,
> 等待着借口和由头,以及机会。
> 结局肯定是断然下手,当看准天赐良机。

For a little time the hungry hawk
Will only soar and hover, circling lower,
Waiting excuse, pretence, opportunity.
End will be simple, sudden, God-given.

没有为我们准备猎杀的高潮。我们只是马上获知

我们的第一个回合的过招
必定是影子之战,是跟影子搏斗。

the substance of our first act
Will be shadows, and the strife with shadows.

托马斯很难说是受到诱惑,因为戏剧开头就很接近高潮,以至于不可能有任何内在的发展。除了最后一个诱惑,所有的诱惑只是重述现在不再诱惑的东西,阐明发生的事情而非现在的考验。最后的一个诱惑很微妙,发生在内心,没有观众能够判断它是否真正克服,"只有上帝知道内心的想法"。到底是什么精神的骄傲潜藏在殉道者心里,哪怕在他最后的痛苦中也不会泯灭,任何最深刻细致的自我分析者都难以衡量,更遑论

任何旁观者。尽管托马斯可能说：

> 如今我的道路明确，如今意思也已清楚：
> 诱惑将不会以这种形式再次出现，

> Now is my way clear, now is the meaning plain：
> Temptation shall not come in this kind again，

但这里出现了一个问题，难以用戏剧的方式解答，只能抛在一边。我们必须假定，托马斯死时，带着纯粹的意志，或者更确切地说，忽略了动机问题——动机超越了我们的认知——只是接受死亡的事实。如果第一场中是和影子发生冲突，那么第二场中根本就没有任何冲突。托马斯告诉我们，"殉道永远不是人的设计"，基督徒的殉道，既不是偶然事件，也不是"一个人想成为圣徒之意志的结果"。托马斯只是等待杀手出现：

> 我一生中，他们这些脚步，都在逼近。我一生都在等待。只是在我够资格时死亡才会到来，
> 如果我已修炼到家，那也就没有什么危险可言。

我无非就是使我的意愿得以充分实现。

All my life they have been coming, these feet.
    All my life
I have waited. Death will come only when I am
    worthy,
And if I am worthy, there is no danger.
I have therefore only to make perfect my will.

当骑士冲进来时，面对托马斯的平静，他们的暴行只是短暂的戏剧。凶杀发生，只是对一个毫无反抗的受害者的一种仪式性的屠杀，只是一个必要的行为，本身并不刺激或重要。

这是一次大胆的尝试，表现托马斯在意志和行为上的殉道，带着净化的心灵成为神圣目的的工具。成功是难以期望的。弥尔顿在《复乐园》中刻画过受诱惑的基督，艾略特在《大教堂凶杀案》中刻画的"传统而清高"的大主教，深受前者影响，让我们非常尴尬地想到前者。托马斯的神圣性，有一种职业精神的印迹；自负的调子总是流露于他自我意识的表演。他当然带着大主教的使命，诚然他应该教导教众，但他的戏剧功能看起来与其说是殉道或见证,倒不如说创造性地证明"基督徒该如何接受死亡"。托马斯事实上不像是一个人物,而像是一种具体的态度,因为在这部戏剧中,对戏剧人物有一种近乎神秘的蔑视,这表现在戏剧行为中。当托马斯略带嘲讽地宣布:

> 你们单凭后果,像世人通常那样,
> 来判断一件事究竟是好还是坏。
> 你们尊重事实,

> You argue by results, as this world does,
> To settle if an act be good or band.
> You defer to the fact,

他似乎忘记了,单凭后果来判断一件事的好坏,不仅是世人常见的行为;福音书中也深藏着这样的判断。当他宣布,"我只是完善我的意志",他的口吻更像是诺斯替的圣人,而非基督教的圣徒。这里的神圣性似乎太近于精神的自我修炼。这种困难部分在于戏剧表现的本质。任何戏剧的主人公必须有意识,同时要意识到那是他作为主人公的功能的一部分。正是通过他,我们才明白场景,才认识到其他人物潜藏的含义。倘若没有真正的戏剧行动,如果戏剧的中心只是一种精神状态,那么,主人公只能是有自我意识的人,能够自我意识的人,而自我意识与神圣性是不相容的。艾略特将他的主人公想象为一个更高级的人。从戏剧的角度而言,他的高级性质只能由他自己阐明,因为这部戏剧在圣徒和凡人之间划了一道鸿沟。在自我阐明的过程中,主人公必然显得高级,不过是消极意义上的高级。

但是,尽管缺乏戏剧行动,主人公也没有说服力,《大教堂凶杀案》还是非常动人。在演出时,还是有激动人心的时刻。这部戏剧的真正戏剧性见于最伟大的诗歌所在的地方,见于合唱。变化是戏剧的生命;变化就在这里:从开头表达的对超自然的恐惧,到结尾狂喜地认识到"大地万物展现出的光荣"。合唱的变化是托马斯精神征服的真正尺度。合唱队感受到了最后一次诱惑之后他信仰的失败。他们隐约知道,如果神圣最后不过是更高的利己主义,那么,人类的善就没有任何价值。除非英雄的善有意义,凡人才有尊严。他们"知道,又不知道";因为他们感觉到了危险,但搞错了安全所在的地方：

> 上帝正在离开我们,上帝正在离开我们,带来
>   比阵痛与垂死更多的痛苦。
> 绝望的窒息人的气味在降下,
> 甜得发腻,弥漫在黑沉沉的空中;
> 黑暗里一些影像在形成:
> 豹子在发出咪呜喵呜声,厚厚的熊掌踩踏在
>   地上,
> 频频点头的猿猴挥出猛掌,厚敦敦的鬣狗随
>   时在等着想
> 大笑。大笑,大笑。地狱的鬼神们来到此地。

God is leaving us, God is leaving us, more pang,
  more pain, than birth or death.
Sweet and cloying through the dark air
Falls the stifling sense of despair;
The forms take shape in the dark air:
Puss-purr of leopard, footfall of padding bear,
Palm-pat of nodding ape, square hyaena waiting
For laughter, laughter, laughter. The lords of Hell

are here.

如果他安全,他们也就安全;如果他毁灭,他们也就毁
灭。他们乞求他为了他们而自救,但他和他们发现的
安全是另一种安全。他们必须学会,在逃跑中没有安
全,靠隐姓埋名,逃脱不了死亡和邪恶。他们必须接受
他们"永恒的负担,永恒的光荣"的份额;罪的负担,救
赎的光荣。在殉道之前的大合唱中,他们与呻吟痛苦
的世界产生了认同。他们即将见证的恶行,不是反常
现象,不是离经叛道;恶是普遍的敌意和败坏的表现,
是人会意识到的负担和光荣。那不是凡人能够幸免的
东西。当权者策划的邪恶,与

在厨房里,在过道里,

在马厩,巷道里和市场,牛棚里,

在我们的血管里、肚肠里,也在我们的头颅里,

in the kitchen, in the passage,
In the mews in the barn in the byre in the market
place

In our veins our bowels our skulls.

遇到的邪恶是一样的。他们必须刺探得更深,超越邪恶的所有动因和形式,超越死亡和审判,直抵

空虚、缺失,与上帝疏离。

Emptiness, absence, separation from God.

面对"这是一种愤怒"的强大合唱,面对迸发出来的狂热、忏悔和羞耻,面对呼号:

滤净空气!澄明天空!换来清风!把石头逐块分开,冲洗干净,

Clear the air! Clean the sky! Wash the wind! Take stone from stone and wash them,

面对最后合唱的赞美,对主要人物形象刻画的批评似乎无关宏旨;那只是微不足道的瑕疵。尽管我们不可

能从《大教堂凶杀案》中得到我们通常在一部戏剧中期望的经验，但我们得到的经验的确不可能是别的，只可能是戏剧性的。我们与妇女合唱队认同；她们的经验我们能懂。我们感觉到，我们不是旁观者，而是秘密的分享者。* 我们经历了突变，经历了伟大的发现。与她们一道穿过恐惧，走出厌烦，进入光荣。**

再次，艾略特为了创新而回头寻找资源。他回到最原始的悲剧形式。他寻找的模式是埃斯库罗斯的早期戏剧，正如穆雷教授所说，这些戏剧"场面很大，埃斯库罗斯把我们的心灵带进去，里面最多只有一两束戏剧行动的突然火花一闪而过。被不爱她的好色男人追求的女人，永远钉在岩石上的人类救星，一个伟大民族对于战果的悬念，一座围城的痛苦——这些就是全部的主题，可能用简单的合唱（除了言辞和音乐，别无所

---

   * 这首诗歌的力量，让人原谅了"坎特伯雷穷苦妇女合唱队"通常穿的奇怪服饰。为了显得年轻，她们颇费苦心，穿着用有点旧式的精美床单改成的衣服，但一眼看得出来是伪装。

   ** 在一篇刊载于《艾略特研究：学术论文集》（理查德·马奇和塔比穆图编）的文章中，阿什利·杜克斯说，"这部关于托马斯悲剧的初稿"标题叫"道中的恐惧"，"大教堂凶杀案"的标题受到马丁·布朗夫人的启发。

有）加以处理。在把传说改编成戏剧时,埃斯库罗斯至多增加一点戏剧行动的光芒;《乞援人》中增加了女人的拯救;《被缚的普罗米修斯》在序幕中增加了捆绑,在结尾增加了打入地狱;《七将攻忒拜》中增加了厄忒克勒斯出去杀死兄弟然后死去的一幕。《波斯人》从头到尾有稳定的张力;信使的入场,大流士的呼告和薛西斯的入场尽管分散了注意力,但场景从来没有变化,只是换了角度来看"。穆雷教授只用了一句话总结希腊悲剧的特征,他的话也适用于《大教堂凶杀案》:"一般来说,戏剧表现的是一些传统的故事,这些故事被当成一些现存宗教活动的源头或起源。"艾略特受邀为坎特伯雷大教堂写一部戏剧。他开始于最早的希腊戏剧家们会开始的地方,开始于以下事实:教会向为之牺牲的殉道士致敬。他的戏剧最后的结语是"圣洁的托马斯啊,为我们祈祷祝福"。妇女合唱队是所有那些人的原型,无论什么时代,她们都会前来乞求英雄-圣徒的帮助。她们是教堂里的礼拜者,是前来坎特伯雷大教堂的朝圣者。她们相当于希腊戏剧中为死去的神祇或英雄设置的仪式性哀悼者。但《大教堂凶杀案》超越了其源流和场合,合唱队象征了全人类,面对着邪恶之谜和神圣之谜。

　　与《灰星期三》一样,《大教堂凶杀案》也选择了一个基督教主题,运用了礼拜仪式:圣诞节后连续三天做礼拜时,唱赞美诗和短诗,唱《末日经》或《赞美颂》。它们之间最重要的相似点是戏剧中的对照:一方面是居于戏剧核心的神圣理想,另一方面是产生诗歌和戏剧的那种一点不神圣的凡人经历的现实。但在我们的想象中,《灰星期三》中的象征人物比托马斯要更加令人满意。《灰星期三》中的象征性人物,如沉默的夫人和蒙面的修女,存在于一个梦想和幻象的世界,借助她们,我们体验到祝福。而《大教堂凶杀案》中的托马斯必须忍受舞台上的强光。或许,艾略特对托马斯的考验太多,对这个主角的一种更简单和传统的处理,应该是让他与代表真理和辉煌的合唱队少些冲突。

　　《家庭团聚》与《大教堂凶杀案》大不一样,它引起的批评更加尖锐。与大多数现代诗剧不同,它演出来的效果比读起来更好。它充满了戏剧冲突和戏剧性的刺激时刻。这里,居于中心的是戏剧。主人公经历了变化,最终有了发现;合唱队是静态的。主人公不是圣徒或英雄，只是处于转变或皈依时刻的凡人。《家庭团聚》想直接表现《灰星期三》认为想当然的东西：在经验中发现意义，重新整合人物，改变意志的方向。经验居于戏剧的中心；同样，哈里和玛丽、哈里和阿加莎之间的场景会出现美丽的诗歌，这些场景既极具戏剧性，也极具诗性。这部戏剧表现了一个现代故事，用日常语言演绎了为复仇三女神追逐的俄瑞斯忒斯神话。在这部戏剧中，希腊戏剧的影响体现在情节和该神话的联系，但在我看来，这种影响相当肤浅。吊诡的是，艾略特的基督教戏剧《大教堂凶杀案》在精神和形式上更受希腊戏剧的影响，尽管在《家庭团聚》中，艾略特故意避开使用基督教的术语和对基督教的明显隐射，表面上，他要求我们与戏剧中经常影射的《俄瑞斯忒斯》进行比较。*

尽管"超越我们力量"的象征是复仇三女神，艾略

---

* 毛德·波德金女士在《一部古代戏剧和一部现代戏剧中对拯救的追寻》中全面地做了对比。我乐意承认她的比较令我很受益。我认为她解释艾略特用复仇三女神的理由是正确的："在写作这样一部戏剧，充满了对精神世界的意识，但却没有直接引用基督教的信仰形式，看起来艾略特是想避开他思想交流的不必要限制。"

特处理她们的方式却与古希腊戏剧家完全不同。她们纯粹是象征性设置，没有戏剧生活。她们没有动作，也没有言语，只是出现，或者消失。除了这些神秘的形象，戏剧中的人物都是现实中的人物，与某个阶级和确定的生活方式有联系。他们丝毫不是神话人物，尽管我们时刻会想到阿特柔斯之家，但这些人物一直在现实的范围内。我们不会忘记，我们置身在英格兰北部的乡野，在一个有产的年轻人家中，他的姨妈阿加莎是一个女子学院的院长，另一个已故姨妈生的表妹玛丽在考虑投身学术。这部戏剧中的合唱队也完全不像希腊戏剧中的合唱队，而是由四个性情各异的人组成，只不过有时必须合唱，表达共同的困惑。合唱队突出的特征是缺乏理解力。他们不向观众解释一个没有他们就会显得离普通经验十分遥远的故事。他们似乎在场，一方面用十分荒诞的形式表现某些误解，以此提醒我们不要误解，一方面是作为喜剧性调剂。不像坎特伯雷大教堂的妇女合唱队，要承载《大教堂凶杀案》中的戏剧，他们不会随着戏剧的进程而改变。《家庭团聚》的结尾和开头一样，他们焦虑的是"做正确的事情"。但《家庭团聚》和古希腊戏剧之间最重要的区别

在于直接行动。在《斗士参孙》的结尾,弥尔顿借他的合唱队之口宣布:

> 他教仆人重新汲取
> 这次伟大事件真正的精神,
> 带着宁静和欣慰,心气肃穆
> 激情全消融,回家乐天伦。

> His servants he with new acquist
> Of true experience from this great event
> With peace and consolation hath dismist,
> And calm of mind all passion spent.

我们可以把这番话运用到任何希腊戏剧。《家庭团聚》中没有"大事"发生。这部戏剧的直接行动可以简述如下:蒙肯西爵士哈里出走八年后回家,待了大约三个小时之后再次离家,导致母亲心衰而死。这是戏剧运用的"事件"。借用哈里自己的区别,这不是"发生的事情"。我们可以用那个希腊神话来帮助我们理解"发生的事情",但在形式上,《家庭团聚》纯属原创,正如《四个四重奏》是原创诗歌,《家庭团聚》是原创戏剧。

《家庭团聚》中的真正戏剧是一出内心戏(inner drama)。这出戏的导演是

不时出现的

超越我们的力量。

by powers beyond us
Which now and then emerge.

在这出内心戏里,哈里、阿加莎、玛丽和埃米(尽管她不希望知道,也不知道)扮演了受指定的角色。哈里是这出内心戏的主角,但阿加莎对这出戏的本质理解最深,她从一开始就知道将要发生什么事情,还知道要卷入什么行为。她必须引导哈里,指点玛丽,他们三人才可能正确扮演他们必须扮演的角色。她像一个女明星,指导有天赋的业余演员,她"扛起了这出戏",尽管她不是主演,但从哈里的主演中得到回报。《家庭团聚》中还有另一出由意志主导的戏。这是埃米的戏,她导演的戏,她邀请所有人前来参演的戏。在埃米的戏里,过

去的八年时光一笔勾销;她的三个儿子将要团聚,共庆她的生日;在这个浓重的节日,哈里将正式成为威希伍德家族的掌门人;玛丽将按大家的希望成为哈里的新夫人(这门亲事出过变故,但现在将要变现)。但是,埃米的这出戏没有真正启动。哈里第一次出场时它就流产。但埃米一心念着她设计的戏,忽略了哈里的状况,正如她后来也忽略了哈里两个弟弟未能如期到场。在沃伯顿医生的帮助下,她临时决定,要哈里按原计划演。哈里宣布离家出走后,她最终不得不放弃她设计的戏(她一再把这场戏强加在那场内心戏之上)。一直以来,她像是明天的奴隶一样生活,她发现自己没有明天;最终,她只有孤独地守住今天,"钟在黑暗中停了"。哈里的叔叔阿姨组成的合唱队(埃米专横的指令剥夺了他们虽然无害但却不必要的合唱队员身份,进入她导演的哈里回家这场戏中来演出)甚至在哈里入场前就意识到,事情不会按照计划进行:

> 为什么我们会感到窘迫,烦躁不安,
> 就像一群没分到角色得业余演员一样聚集起来?
> 就像梦中的业余演员,当幕布升起,却发现自

己穿错了戏装，或者排演的不是今天的
　　角色？
等待着剧院排座中发出的沙沙声，前排座位
　　的窃窃私语，观众中发出的笑声和倒彩？

Why do we feel embarrassed, impatient, fretful,
　　ill at ease,
Assembled like amateur actors who have not been
　　assigned their parts?
Like amateur actors in a dream when the curtain
　　rises, to find themselves dressed for a different
　　play, or having rehearsed the wrong parts,
Waiting for the rustling in the stalls, the titter in
　　the dress circle, the laughter and catcalls in
　　the gallery?

《家庭团聚》的喜剧性反讽在此出现：他们意识到埃米
设计的戏出了差错，但他们没有看透哈里主演的内心
戏。他们徒劳地将正在"发生的事情"变成他们可能理
解的一出戏，一出"侦探、罪与罚"的戏，在其中他们能
够满意地扮演各自角色。有时，当埃米的目光落在他
们身上时，他们又回到埃米设计的戏，重新扮演愿意效

劳的叔叔阿姨角色,为哈里荣膺家族新掌门加冕。尽管他们多少都有些笨或坏——正如埃米说,杰拉德最笨,艾维最势利,瓦奥莱特最坏(只有查尔斯最善良)——他们最终还是形成一致意见,表示无能为力:

我们已在黑暗中迷途。

We have lost our way in the dark.

这支合唱队看不懂眼前发生的事情,也就无从正确表演,这正是《家庭团聚》中喜剧的主要来源。这里,自从《斗士斯威尼》以来,艾略特的作品中缺乏的东西——幽默、反讽和机智这些令人愉快的前期诗歌元素——再次出现。*《家庭团聚》中幽默的根源来自家庭生活的不和谐:安排下一辈婚事的家庭秘密会议充满了反讽;家人对话中夹杂了恶意;对家族血缘关系感

---

* 这些天赋在《实际的猫》中得到充分利用,尽管不确定,考虑到诗人的前言中的致谢,多大程度要感谢他年轻的助手们,甚至更多感谢《穿白衣的人吐口水》中丰沛的机智。

到爱恨交织。艾略特精明地洞察出四个叔叔阿姨代表了不同的社会类型,这丰富了《家庭团聚》的幽默感,尽管他们作为合唱队不适合,但却给了戏剧人物的多样性。哈里的弟弟阿瑟提供了另一种类型的喜剧。他在解释为何肇事逃逸时说"我以为这里是空旷的乡下",其中的荒诞是纯粹喜剧的欢迎信号,没有一丝反讽。

哈里的"罪与赎罪"戏、埃米美好明天的梦想戏、哈里叔叔阿姨们以为的侦探戏,这三出戏的互动得到精彩处理。《家庭团聚》的提示部分特别简约。我们从第一时刻就意识到埃米和妹妹阿加莎之间的敌意。阿加莎是这群叔叔阿姨中第一个开口说话的人物。当埃米说,"生火,春天永远不会来了吗? 我冷",阿加莎用看起来很平常的一句话回应:"威希伍德总是一个寒冷的地方,埃米。"埃米没有接话,阿加莎在接下来的聊天中一言不发,没有主动保护玛丽,免遭其他长辈奚落。显然,这段平凡的对话体现了两种冲突的性格:一方反叛不羁,一方逆来顺受。接下来,我们知道,埃米已将"快满三十岁"的玛丽预定为儿媳;我们知道玛丽对于自己还是单身而抑郁敏感。我们对埃米的霸道性格有深刻的印象。她不顾别人的意志,为了这次家庭团聚,召集了三个妹妹和已故丈夫的两个弟弟。她宣布：

> 我使威希伍德充满生机，
> 我让这个家族延续下去，把他们凝聚到一起，
> 也使我自己活下去，而且我活着就是为了维
> 护他们。

> I keep Wishwood alive
> To keep the family alive, to keep them together,
> To keep me alive, and I live to keep them.

玛丽尴尬地退场后，尽管埃米说，"我们不要谈这个话题了。说得越少越好"，但阿加莎坚持提起"这个话题"：

> 对哈里来说将非常痛苦
> 在八年后，在那可怕的一切发生后
> 重新回到威希伍德。

> It is going to be rather painful for Harry
> After eight years and all that has happened
> To come back to Wishwood.

这时,埃米和阿加莎的冲突变得更加明显。随后,戏剧提示部分由家庭成员的对话补足。我们知道,哈里有过一次灾难性的婚姻。他的母亲埃米说,那个女人"绝不会成为我们家的一员"。哈里的夫人一年多前在海里淹死,家里人不确定是死于失足还是自杀,尽管艾维补充说的一句"在暴风雨中被冲离甲板"暗示是偶然事故。埃米然后摆出了她的计划,"未来"一词在她的五行台词中出现了三次。这个家族的举动好像过去八年什么都没有发生:

> 哈里会在威希伍德掌管家业
> 而且我希望我们能设计好他将来的幸福。

> Harry is to take command at Wishwood
> And I hope we can contrive his future happiness.

阿加莎在一次独白中说,这个计划忽略了

> 来自另一个世界的
> 所有的劝诫

all the admonitions

From the world around the corner,

其他四个叔叔阿姨异口同声地表达了不安和尴尬,他们轮流悲叹埃米的计划不过是空欢喜。

哈里的入场立刻应验了叔叔阿姨合唱队的预警,他的状况使得埃米设计的戏——为她过生日的家庭团聚——毫无意义。哈里没有理会一家人的招呼,他的目光越过他们的头顶,看着没有窗帘的窗户。他说,在这里,在家中,他终于看见了那些幽灵。在他心神不宁的旅途中,他感觉到幽灵的眼睛紧紧盯住他。他问:"为什么是这里? 为什么是这里?"他突然问候母亲和亲戚。埃米不管他的状况如何,极力想恢复她的戏剧走向。她谈起了生意,同时向哈里保证,他会发现家中没有变化。其他叔叔阿姨从她那里得到暗示,立刻捡起她为他们量身定制的角色,但哈里再次不耐烦地打断:

你们所有的人说话的时候仿佛什么都没有发
　生过,
　然而你们谈论的正是此事。为什么不开门

见山

或者如果你们要假装我是另外一个人——

一个你们一起密谋设计出来的人，那么请

在我不在的时候这么做。我就不会令你们那

么尴尬。

You all of you try to talk as if nothing had happened,

And yet you are talking of nothing else. Why not

　get to the point

Or if you want to pretend that I am another person —

A person that you have conspired to invent, please do

　so

In my absence. I shall be less embarrassing to you.

但是，当哈里准备离开房间时，阿加莎拦住了他，提醒他说，如果他真不要任何借口，他必须从自己开始，他必须设法让他们理解。哈里绝望地回答说，他无法解释；然后，慢慢地，他似乎受到阿加莎引导，开始讲述他的噩梦。接下来的一幕很有反讽味道。在哈里受到阿加莎的激励，寻找词语和意象来分析自我，照亮他的黑暗时，他的内心戏剧开始了。埃米一直在默默倾听。

她只是发出一声尖叫"哈里",想打断他身上的魔咒。但哈里最终给了他的叔叔阿姨一个暗示，暗示一件十分恐怖的事：

> 正是在颠倒了毫无意义的方向
> 在正在前行的邮轮上暂歇之时
> 邮轮行驶在大西洋中部的海面上，当晚天空无云
> 我把她推进了海里。

> It was only reversing the senseless direction
> For a momentary rest on the burning wheel
> That cloudless night in the mid-Atlantic
> When I pushed her over.

这里是一个"事件"，可以处理的一样东西。他们急忙做了调整，开始用不同的方式处理这个情景。但他们还没来得及开始，埃米就再次出面干预。她不能接受自己计划的失败，所以打发哈里去休息，洗一个热水澡，缓解一下旅途疲乏；等他次日早上起来，他会看到什么都没改变，就会驾轻就熟地进入为他准备的新角

色。接下来,在场的家人扮演起他们的新角色,集中讨论哈里是否真的杀妻,是否只是幻觉。当务之急是要找医生,再找哈里的仆人道宁询问。关于第一个建议,埃米也表示同意,但值得注意的是,她先征求了阿加莎的意见。她向大家保证会亲自给医生打电话。询问道宁的时候,埃米没有在场,阿加莎也没有参加。阿加莎知道这样做没有意义,尽管她同意去问道宁,也同意去找医生,作为

似乎是不必要的行动中
要采取的必需的一步。

a necessary move
In an unnecessary action.

从戏剧性的角度而言,询问道宁是重要的,这不是因为他会提供任何帮助,解决哈里是否杀人的疑惑,而是因为他不经意地透露了哈里的婚姻生活真相。道宁说,哈里的夫人占有欲强,精神焦虑,哈里为此也精神焦虑:两人相互折磨,一个提出了对方不能满足的无穷要

求,另一个对自己无法满足对方的欲求而内疚不安。道宁离场后,哈里的叔叔阿姨表达了各自内心的看法,轮番反驳他人的看法。他们离开舞台去更衣,准备参加晚宴。晚宴由埃米主持,但她的计划再次遭到挫败,因为哈里的两个弟弟没有及时到场。他们的缺席给舞台留下了空间,继续上演哈里的内心戏。在短暂谈论了鲜花的摆放之后,玛丽扮演起阿加莎姨妈指定的角色。但她现在想逃避,想离开威希伍德,投身学术,七年前阿加莎就建议她去尝试。她问哈里,当初他为何选别的女人,而不与她结婚。她知道,即使现在哈里回来了,埃米姨妈为他们打的如意算盘也不可能实现。他既怕面对哈里,又想保持自尊,所以觉得这里并非久留之地。但阿加莎告诉她,她必须等待:

> 你和我,玛丽,
> 只不过是旁观者和等待者:
> 这可不是容易扮演的角色。

> You and I, Mary,
> Are only watchers and waiters: not the easiest role:

阿加莎执意挽留玛丽,要她面对与哈里谈话这件害怕的事情。玛丽在谈话开始时觉得有些尴尬;但在哈里需要她安慰的时候,她忘记了自己的尴尬。她坦荡地提到共同度过的童年。这个场景首先相当于一个伟大的诗意高潮,其次相当于一个紧张的戏剧时刻。这时,哈里突然做出反应:

停!

那是什么?你感觉到了吗?

Stop!

What is that? Do you feel it?

幽灵一样的复仇三女神在窗户上出现,让这个温馨的场景戛然而止。这些幽灵哈里和观众可以看见,但玛丽看不见。尽管玛丽在与哈里谈话开始时对自己扮演的角色感到尴尬,但在谈话结尾时她已经变得自在。谈话结尾时,她对着哈里大叫:

看着我。你可以依靠我。

哈里,哈里! 我来告诉你,这都没什么。

如果你依靠我,一切都会好的。

Look at me. You can depend on me.

Harry! Harry! It's all *right*, I tell you.

If you will depend on me, it will be all right,

玛丽演完了自己的角色。在这一个场景中,哈里看见复仇三女神就在他家里,他必须面对她们。接下来是晚宴。哈里的两个弟弟仍然没有现身,但埃米决定继续派对。哈里叔叔阿姨组成的合唱队跟随她进入晚餐,心中充满了"令人丧失体面的恐惧"。阿加莎用祈祷结束了第一幕:

一共有三个

但愿这三个人不在一起

但愿打了结的

会被解开

但愿在塞满的井里的

交叉一起的骨头

能最终被扯直。

There are three together
May the three be separated
May the knot that was tied
Become unknotted
May the crossed bones
In the fille-up well
Be at last straightened.

　　第二幕发生在晚餐后。开场是沃伯顿医生和哈里的对话。这里，有两出戏的交叉。沃伯顿医生是埃米叫来的，他急切地讲了哈里母亲的身体状况，想唤起哈里的同情，服从她的计划。但哈里以为，沃伯顿医生能够对他解释为什么他的童年很不幸，能够告诉他为什么从来没见过父亲。这场对话因为温切尔警官的出现而中断。起初，哈里不确定这个警官是真的，还是自己臆想的。接下来，他误解了温切尔警官的差事：

　　　　你为什么一直问夫人的事情？
　　　　你是真不知道还是假不知道？

我可不怕你。

Why do you keep asking
About her ladyship? Do you know or don't you?
I'm not afraid of you.

但哈里只是暂时陷入了"罪与罚"的戏。他默默地听温切尔警官讲他的弟弟出了交通事故,所以不能回家团聚。艾维和瓦奥莱特表示无法理解,有那么片刻,哈里和母亲一起对他们表达了不满。他把母亲温柔地送去休息,然后回到房间——这时沃伯顿医生和温切尔警官已经走了——说她睡了。显然,这时在那里没有交流。他很不耐烦地嘲讽在场的叔叔阿姨,嘲笑他们操心芝麻大小的事情。直到阿加莎打断他的话头,他才放弃嘲讽的口吻。阿加莎再次提醒他摆正自己的位置:

仅仅满足于沉浸在我们自己的痛苦里是
逃避痛苦。我们必须学会承受更多痛苦。

To rest in our own suffering

Is evasion of suffering. We must learn to suffer
　　more.

听到阿加莎的提醒,他立马换了一种口吻。接下来大家在讨论哈里弟弟肇事逃逸这个不太重要的事件。在此过程中,哈里一直沉默不语。当合唱队走出房间

　　收听天气预报
　　和国际范围内的大灾难,

　　listen to the weather report
　　And the international catastrophes,

哈里和阿加莎最后独自留在舞台。他们打起精神,鼓起勇气,表演他们必须表演的部分。他们之间这幕大戏结束于哈里"我必须离开"的决定,阿加莎也附和说"你必须离开"。此时,埃米进场。她计划的戏现在已流产,无法收拾。她认为是阿加莎在捣乱。哈里离场后,埃米和阿加莎之间的戏照亮了仍然黑暗的剧情。埃米的一番话直接透露了真相。她认清了过去,所以

她讲了过去的真样。玛丽吃惊地听说哈里再次离家出走之后，重新回到舞台。她的进场给了阿加莎缓口气的机会。当阿加莎再次指点玛丽应该演的角色时，埃米没有说话。埃米再次开口说话时，与阿加莎之间那一场恐怖的戏还让她惊魂未定。她说出了对当下真实处境的认识：

> 我是一个住在被诅咒的房子里的老女人。

> **An old woman alone in a damned house.**

她最后做的解释，"哈里要离开这里——去当传教士"，或许只是一个小伎俩，缓和回到舞台的叔叔阿姨们的愤怒和失望，他们急于搞清她的说法，发表有见地的评论。或许，她的解释是想保留正常生活面相的最后努力。她原本不可能说出口来。但是，她最终没有找借口。对于她来说，改变这种生活太晚了。她退出舞台，心衰而死。这场家庭团聚原本打算发生

> 在白天

在这个世界里

In the day time
And in the hither world,

结果却是发生

在晚上
由我们织下罗网的
这个世界里
把我们彼此束缚在一起。

In the night time
And in the nether world
Where the meshes we have woven
Bind us to each other.

在哈里这场"罪与赎罪"的真正内心戏里,有一个死去的男人和一个死去的女人。哈里那个郁郁寡欢的父亲,离家出走,孤独而终;哈里那个郁郁寡欢的妻子,溺亡大海。这两个死者,纠缠着活着的哈里、埃米、阿加莎和玛丽。哈里的离家是为了自己的救赎，也为了那两个死者的救赎，他们现在终于可以长眠了。

哈里的发现可以用不同的方式来描述。首先，最简单的方式是说，他从阿加莎那里知道了一些关于他的父亲、母亲和姨妈的事实，在他还是孩子时，这些事实刻意对他隐瞒，但他现在知道了，他明白了自己为何这么可怜。他了解到父亲和自己一样，婚姻中没有狂喜；他的母亲在这个家族里很孤独，就像一个外人；自从她过门，就想逃离孤独，于是邀请妹妹阿加莎来同住。哈里了解到，父亲和姨妈阿加莎在一个火热的夏天体验到电光石火的狂喜和恐惧，他们彼此相爱。他也了解到，就在他出生前，父亲脑海里绝望地想着要杀死他不爱的妻子，但阿加莎姨妈阻止了他。这场婚姻维持下来，有了三个孩子后，父母才分手。但哈里获知的故事，对于哈里来说，照亮了自己的故事。当他听说父亲"把自己的力量隐藏在引人注目的弱点底下，表现出了一个孤独者的胆怯"时，当他屈从于母亲的意志，理解了那个一切都为他计划安排好了的小孩哈里，唯一关于自由的记忆是在"河边森林中一根空心的树"里与表妹玛丽玩耍；他也理解了仆人道宁口中那个身为丈夫的哈里，"总是非常安静"，"对太太感到非常焦虑"。当他听到父亲密谋要杀死母亲的那些夏日，阿加莎认为他是自己要生的孩子时，他"从不同的角度看，一切都是真实的"迷恋，最终离开了他：

> 也许我的生活只是一场梦
> 通过别人的大脑经由我所做的梦。
> 也许我梦见我把她推进海里。

> Perhaps my life has only been a dream
> Dreamt through me by the minds of others. Perhaps
> I only dreamt I pushed her.

当阿加莎对哈里讲起他出生前的几个月时，她好似变成了他小时怎么找也找不到的妈妈。那个什么事情都由大人计划和安排的小孩哈里，那个要被强迫担当家族掌门人的成人哈里，现在消失了。当他哭喊着"带上我"，说

> 你看，我也不知道为什么，
> 仿佛我回到家一样，我在一刹那间感到很快乐，

Look，I do not know why，

　I feel happy for a moment，as if I had come
　　home，

这时,亲情作为"一种只有在被忽视的时候才会注意到的义务"已经消失;取而代之的是他从来不知道的真正关系。当阿加莎提到她少女时体验到的狂喜,提到此后长年的自律和责任,提到等待"锁链断裂"的那一刻,当哈里讲到自己笼罩在阴影中的人生,直到他发现自己孤独的那一刻,这时,他越来越兴奋。他找到的不仅是一个母亲。有那么片刻,他似乎变成了他的父亲,在许多年前的那个夏日,抬头看见阿加莎穿过玫瑰园的小门进来。正如有那么片刻,他似乎变成了从前那个孤独的孩子,他现在变成了他没有体验过的恋人,自由地用爱回报阿加莎的爱。

　　至此,我们可以用精神分析法来讲。阿加莎可以看成一个精神分析师,她帮助哈里从与父母的关系中寻找婚姻失败的原因,让他摆脱纠缠不休的罪感。但就在此时,幽灵一样的复仇三女神再次出现,与上次玛丽看不见不同,这次阿加莎看得见,观众也看得见。在

戏剧结尾，道宁证实了她们的确存在。道宁不是哈里家庭的成员，他没有卷入这出充满仇恨和绝望的戏剧，他完全意识到复仇三女神的存在，尽管他知道她们与自己没有关系。她们的在场使得有必要利用另一种不同于精神分析的分析方法。复仇三女神只出现了两次。第一次出现时，她们把正与玛丽谈得兴起的哈里唤回现实，把他从玛丽提供给的"欢歌和光明"幻象中解脱出来。她们第一次现身，唤起他认识到自己的罪。他极力否认自己的罪：

> 当我认识她的时候，我不再是原来的那个我。
> 不是任何人。我所做的任何事情
> 都与我无关。

> When I knew her, I was not the same person.
> I was not any person. Nothing that I did
> Has to do with me.

但他心里知道，玛丽提供给他的东西，他不能接受。玛丽再次提供的东西是他已经发现匮乏的东西。哈里没有真正明白。复仇三女神第二次出现是在阿加莎帮助他解脱之后。他默默地问候她们的这次出现：

　　　　　　　　　　　而且这次
你们千万别觉得我看到你们很吃惊。
而且你们也别觉得我害怕看到你们。
这一次,你们是真实的,这一次,你们在我的
　　灵魂之外,
而且刚好可以忍受。我知道你们准备好了,
你们已经准备好离开威希伍德,而且我将与
　　你们同去。

　　　　　　　　　　　　　　and this time
You cannot think that I am superior to see you.
And you shall not think that I am afraid to see you.
This time, you are real, this time, you are outside
　　me,
And just endurable. I know that you are ready,
Ready to leave Wishwood, and I am going with you.

他现在知道自己的罪是什么,所以他知道为什么她们

会来。她们不再是复仇三女神。当他接下来谈到她们时,她们成了"聪明的天使":信使。他再次承认了这个可怕的真相:"你们看,我妈妈怀我的时候,我就在恶和罪中塑形。"他知道对他的要求和希望是什么:"你们看,你们要求我心里的真理,要我偷偷地理解智慧。"尽管阿加莎做了解释,但她没有完全解释清楚。复仇三女神不是哈里罪感意识的投射,任何超过了他必须赎的罪,不是真正的罪。这一种罪没有办法赎:这是他的出生之罪,"他的罪是与生俱来的罪,甚至在受孕时就带的罪"。他是在仇恨而非在爱中孕育和出生,他打上了双亲的罪,他既是父母的受害者,也是他们的作恶者,因为他没有爱的能力。他表妹玛丽"平凡的绝望",他妻子悲惨的命运,都是这种罪的恶果。这是他父母的罪,是他自己的罪,没有能力去爱的罪。他必须学会去爱。他必须离开家,进入孤独和沉默,如同替罪羊,充满了罪,被驱赶进入荒野,数月或多年后(我们不知道会有多久),他可能发现,什么爱的方式对于他来说是可能的。他不可能在威希伍德留下。在家里,埃米不想要他能够给的东西,分担不了他认知负担的玛丽可能会被他的在场和与埃米之间的鸿沟伤害。他发现自己仍然有人爱,这个发现鼓舞他继续活下去。再也没有许多双眼睛偷窥他,注视他,逼他出来;现在只有"荒原之上的一只眼睛"。爱和恐惧在引导他:

> 爱和恐惧
> 在等待我和想我,将不会让我掉下。

> love and terror
> Of what waits and wants me, and will not let me
> fall.

在《家庭团聚》的高潮部分,出现了一个关键问题。直到哈里第二次看见复仇三女神出现,并认识到她们为什么来时,戏剧的兴奋点和心理真实才带着我们前行。但它们把我们带到了戏剧难以跨越的边界。这个高潮是戏剧性的反高潮。《家庭团聚》的结尾是哈里的出走和埃米的死亡。可以想见,阿加莎回到了女子学院,玛丽也去投身学术。这些事件中唯一可以称为戏剧性的是埃米的死亡。艾略特必须抓住这个事件来结束戏剧。但是,《家庭团聚》的真正意义不在于埃米的死,她的死只是一个后果,真正的意义在于哈里的转变。如同托马斯的圣洁,我们必须认为是理所当然。这种意义难以用戏剧语言表达。埃米的问题"为什么你要走"或"你要去哪里",没有给出答案,也不可能会有答案。观众并不比哈里的叔叔阿姨组成的合唱队聪明。我们可以用精神分析方法说,哈里的出走是想表达他母亲注视的终结。或者,我们可以从宗教象征意义而言,哈里的离家表达了他的发现,他的义务不是对于埃米的义务,而是对于上帝的义务;他是听取上帝召唤的人,"抛下一起,追随上帝"。但无论哪种解释,都没有给出《家庭团聚》的真正结局。一方面,我们继续追问,哈里出于什么目的抛弃幻想,打破锁链;他用自由要做什么。另一方面,如果我们接受艾略特对人生的阐释,我们要继续追问圣经里面亚拿尼亚在保罗"不与属血气的人商量"那些年中经常想的一个问题。当亚拿尼亚想起一个名叫"直街"的地方和一个名叫"扫罗"的盲人——他看见扫罗在直街祷告,于是帮他恢复了视力,将之当成"上帝拣选的器皿"施洗,但随着时光流逝,他却没有听到扫罗传道的消息——他肯定想知道,那个"上帝拣选的器皿"是否只是许多徒有其名的人中的一个。① 有时,人们会轻率地说,《家庭团聚》写的是一个人变成了圣徒。但是,正如艾略特不用这个词,或许最好不要说,这是关于一个人受到召唤成为一个圣徒,除非在所有的基督徒都是被如此称呼的意义上而言。哈里受到的特别召唤,用他自己的话说,他获得"拣选",不是为了一个目的去做许多人不知道原因但必须做的事情:忍受孤独、别离和受难。他是获得拣选的人之一,用圣保罗的神秘说法,"填满基督苦难背后的一切"。《家庭团聚》的核心是基督赎罪学说,是精神世界中罪和受难的交换,通过这种交换,人们参与了那种神秘。哈里听到了召唤,他选择离家去追随。他是否完成了对他的召唤,如何完成,我们不知道。他的退场不是结束而是开始。

我们没有办法用戏剧语言来解释《家庭团聚》的高潮,同样,也没有办法解释戏剧人物的非现实性。在这部戏剧的中心,有的人物面目不清;或者说,他有许多张面目,艾略特的面目,或我们的面目。很难相信哈里是一个真实的人物,很难确切接受他的生活处境,很难

① 扫罗是圣经中使徒保罗的原名。本处故事参见《使徒行传》。

想象他没有表露出痛苦的时刻。至于阿加莎，很难相信她是"女子学院很有工作效率的院长"，如果她真的如自己所说必须花大量的精力"喜欢女生"，很难相信她的效率。很难相信任何学术群体会同意选她当院长。玛丽的精神追求和学术兴趣同样难以置信。围绕在这些面目模糊的人周围的是面目太清楚的合唱队：他们带着不变的喜剧面具。戏剧中心的人物几乎都是由内心独白来表现；边缘人物则几乎与内心描写无涉。唯一接近全面戏剧化的人物是埃米。她有能力让我们吃惊，她与阿加莎的可怕争吵让阿加莎显得真实。尽管我很喜欢《家庭团聚》，尽管它的舞台魅力大于阅读魅力，尽管其中艾略特成功地实现了他的愿望，向观众"传递了诗歌的愉悦"，但在我看来，它的主题不适合用戏剧来处理。无论情节还是人物，都没有向我们展示戏剧必须展示的景观，供我们思考。因为没有真正的行动，所以没有真正的人物。

在《四个四重奏》中，《家庭团聚》的主题找到了充分的艺术表达。《四个四重奏》中每首诗的第三乐章出现了转变的时刻，在第五乐章里走向了解决。每首诗的第五乐章提供了真正的高潮。但是，如果没有《家庭团聚》，从《燃毁的诺顿》到《小吉丁》的这种进程几乎是不可能的。后面三首四重奏中诗歌变得大胆、灵活、自信，是因为《家庭团聚》在过渡的控制、节奏的变化以及"自然地表现最伟大思想"的能力上取得了成功。此外，在《四个四重奏》中，从强调个人经验的《燃毁的诺顿》到强调历史经验的《小吉丁》，主题的拓展让我们希望，艾略特可能还会写一部伟大的戏剧，其中"发生的"是一个伟大的事件。

七 对意义的探索

对意义的探索恢复了经验，

在不同的形式中，超越了所能归于

幸福的任何意义。

《干塞尔维其斯》

和平奏起风笛，唱出如下歌曲：

"暴风骤雨过后太阳格外明亮；

乌云密布之时气候更加温暖；

经历战争与灾难，爱情和友谊

最为纯真，因仁爱与和平得胜。

世上没有一种敌意或者邪恶

仁爱不能任意将它变成和谐，

通过忍耐，和平可制止所有危险……

因全能上帝确实是无所不能。"

《农夫皮尔斯》

但他操心的却是，

所有时代的光荣，

如时间一样永恒，

操心上天之所为，

而非人间之应得。

本·琼生，《黄金时代重临》

《玛丽娜》中的老国王伯里克利从睡梦中醒来所象征的发现，《大教堂凶杀案》中妇女合唱队获得的发现，《家庭团聚》中哈里获得的发现，《四个四重奏》没有利用神话或叙事，仅凭众多的意象和诗歌节奏的变化，就向我们传递出来。这种居于《四个四重奏》里每首诗中心的发现，尽管在每首诗中可以用不同的语言来表述，但《四个四重奏》本质上是一首诗，其中每首诗最重要的发现其实都相同。整首诗中主题的拓展，是对其意义理解的加深。随着意义得到更加全面的理解，经验本身变得更加触手可及，产生经验的这个世界在丰富性和现实性方面也会获益。

《四个四重奏》中每首诗的标题都取自一个地名，每首诗的经验都以来自深切感受的时空意象来表现。

在《燃毁的诺顿》中,正如前面说过,标题中的地名与诗歌本身没有特别的联系。诗歌里的时间也没有特别的意义。它写的可能是任何一个夏日下午。在《东库克》中,作为标题的地名是萨摩斯特郡的村子,十七世纪的安德鲁·艾略特从这里出发走向了新世界。诗中的艾略特在一个夏末来到此地,心里想的全是他的家人和祖先。在《干塞尔维其斯》中,作为标题的地名是马萨诸塞海岸附近的石岛,这里是艾略特童年生活风景的一部分,也是他祖先漂洋过海之后获得的新经验的一部分。这首诗不是写艾略特探访过的地方,而是写他生活过的地方,正如我们栩栩如生地记得童年生活过的地方。在《小吉丁》中,作为标题的地名只与历史有关联,与艾略特的个人生活没关联。这是英国哈丁顿郡的一个村子,尼古拉斯·费雷拉和家人曾经退隐于此,过着虔诚而平凡的生活。艾略特在一个冬日下午到当地教堂去做祷告。

《燃毁的诺顿》是一首写内陆的诗,整个感情都被"大地"包围。它借助暗示,建构了一幅人间花园,建构了一种文雅生活。画面上渐渐呈现的是灌木丛、人行道、玫瑰花园、饰边黄杨木、游泳池、隔离带里的向日葵,墙上和修剪整齐的紫杉上垂着的铁线莲。一盆玫瑰花叶瓣中的泥土、一只中国花瓶、悠扬的小提琴声,都暗示出文雅的生活。花园树丛中传来的孩子笑声,是画面的高潮。这里用的是幸福生活的意象,"甜蜜生活"的意象。我认为,这首诗的场景和孩子笑声的意象,可能受到吉卜林的作品《他们》的影响。那个短篇小说描写了一群孩子,失踪在一个没有生育的盲女人家中,在他们的父母看来,他们在花园树丛中"可能就是那样,一直是那样"。

《燃毁的诺顿》的第一乐章是对过去、现在和未来之间关系的沉思,对执着于可能是也一直是的记忆之物的沉思。首先出现的意象是足音:

　　　　　足音在记忆中回响
　　沿着我们不曾走过的那条通道
　　通往我们不曾打开的那扇门
　　进入玫瑰园中。

　　　　　　　　echo in the memory
Down the passage which we did not take

Towards the door we never opened

Into the rose-garden.

诗人没有告诉我们这些记忆的目的;记忆扰乱了"一盆玫瑰花叶瓣中的泥土",激荡起已经消逝但仍埋在当下记忆中的东西。花园也充满了回声:那本来可能发生的和已经发生的,有那么片刻仿佛都是现实;在安静、沉默和日光之中,那本来可能发生的和已经发生的,有那么片刻都是真实的现在;纯真的幸福之梦再次觉得是真实。然而,这个片刻转瞬即逝。刚才还在邀请我们去找寻真实的鸟儿,现在变成了对我们的警告:"走吧,走吧,走吧,鸟儿说:人类不能忍受太多的真实。"

《燃毁的诺顿》的第二个乐章开始是一个非常诗意的美丽段落,经验的统一性借助对立物的并置得到传达。这段不太容易细致分析。开头的一行"在泥土中,大蒜和蓝宝石",灵感来自马拉美的珠宝意象。[*] 这里的意象融合了多种感官印象:柔软与坚硬,植物与矿

---

* 艾略特似乎心里想的是马拉美的两个诗句:"雷霆和红石的轮毂"(《把我介绍给你的故事》),"垂涎着污泥和红石"(《波德莱尔的坟墓》)。

物,生命与化石,普通与珍贵,芳香与无味。第三行诗
"颤抖在鲜血中的铁丝网",意指我们血脉和神经的震
颤和刺痛,在愈合和未愈的旧伤之下跑动,在我们的体
内运动或流动,近似于我们在行星间看到的运动,如同
德谟克利特的原子穿越了银河,也近似于夏天树液的
流动。我们意识到日光在树叶上的舞蹈,意识到猎狗
在追猎,意识到星际间的竞逐。立刻,一切都是流动
的,但一切都有模式可循;诗人转而思考如何理解模
式:从一个"静止点"开始。第二乐章后半段的主题就
是"静止点"。后半段沉思的是静止和运动的关系,不
是时间过去和时间现在的关系。结尾处我们再次回到
开启沉思的记忆。*

　　《燃毁的诺顿》的第三乐章中有一个突变。我们离
开前面两个乐章充满自然意象的乡村花园世界,来到
一个完全不同的都市世界。第一段让我们想起《荒原》
中穿过伦敦桥的人流,他们是时间的奴隶,囚禁在孤独

---

　　* 我认为,第二乐章中以"在那旋转世界的静止点上"开头的一段,
部分灵感来自查尔斯·威廉姆斯在《更大的王牌》中算命纸牌的人物舞
蹈形象。

中。我们这里置身于黄昏时分的伦敦地铁里。"乘客"是《四个四重奏》中的核心意象;在《四个四重奏》前三首诗中,同样的地方都出现了"乘客"意象。这里是第一次出现,我们看到,乘客涌现出来的时刻,既不在白昼,也不在黑夜,他们"饱受时间摧残"的脸上,"充满幻想,而缺乏意义"。从一个站到另一个站,他们在当下没有找到意义;这只是在来去的地方之间的停留。* 第二段有一个暂停。它用故意接受坐地铁的无聊行旅背后隐藏的东西,来对抗无聊。不是忽视孤独和痛苦的无聊,不是漠视沙漠一样的无聊,诗人要求心灵接受无聊,承认无聊,进入无聊的当下。这次旅途必须偏离这个世界永恒的运动,它是从虚空中来,穿过虚空,前往虚空,完成自己的当下使命。这种进入当下的方法,是所谓的消极方式。基督教总是在自身寻找空间,容纳两类精神体验:一种体验是发现一切自然都是神的显灵,另一种体验即帕斯卡尔喜欢的一句话"你是一个隐藏的神"。这种故意从黄昏落入黑暗,是"一条道"。诗人

---

* 对观《磐石》的合唱:"沙漠不是远在南方的热带, / 沙漠不仅仅是拐过一个街角, / 沙漠挤在地铁列车中,就在你们身边。"

告诉我们,这与另一条道是一样的:也就是我们在第一乐章中读到的,并非故意地升入光明的一条道。在那里,诗人告诉了我们一种不曾追求的经验,告诉我们精神突然觉得有在家之感的时刻,受到接待,没有焦虑,没有"实际的欲望"。这样的时刻可以回想,但不能保持。它作为天恩不期然出现,我们的心灵不用准备,我们也不必强求。孩子的笑声是可爱的惊喜。孤独的体验和欢乐的体验将我们从"受制于时间过去和时间未来"的奴役中解放出来。这两种体验都是自由的时刻。

《燃毁的诺顿》的第四乐章把我们带回花园世界。花园是纯自然的意象。这个抒情乐章是一首写黄昏的美丽小诗;但这是另一种类型的黄昏,它充满了期待。乌云卷走了太阳。我们生活在时间里;但我们在时间中等待抚摸:那是生死的抚摸,温柔的抚摸,或者预感的抚摸。

《燃毁的诺顿》的第五乐章回到第一个乐章的主题。它再次以对时间和运动的沉思开始,作为必要的模式,在艺术世界中找寻意象,区分了一个音符的静止和整部作品的静止。但是,随着节奏在结尾的变化,第一乐章的意象复现:阳光再次破云而出,尘灰再次飞扬,童真的欢乐溢满内心,时间的过程显得虚妄可笑。

这些充满洞见的时刻"在前和在后展开"。

《燃毁的诺顿》的主题可以用多种方式表述。如果我们接受评论《神曲》的方式,我们也可以分成字面意义、伦理道德意义和宗教象征意义。就字面意义而言,《燃毁的诺顿》的主题是诗人感觉到难以言喻的欢乐或解脱时刻,如同阿加莎形容的那个时刻,"当太阳照耀玫瑰园的时候,我只是透过小小的门缝往外看去"。这是逃离的时刻,逃离无休止地"沿着水泥铺成的走廊"前行,或者"通过巨大而空荡荡的医院里石头铺成的阶梯"。这种解脱时刻,摆脱了无意义的后果,摆脱了死寂的感觉:"进进出出,看不到尽头","来来回回,拖着脚步",进入现在,进入这个时刻,用阿加莎的话说,直到"链子断掉"。在这里,这个时刻与"本来可能发生"之物的记忆相联系。这首诗就是源于这种体验。它是另一种刻意追求的体验的背景。但这两种体验是一样的,因为"向上的路和向下的路是一样的"。从伦理道德意义而言,《燃毁的诺顿》的主题是把我们指向谦卑的美德:谦卑的美德臣服于经验的真理,接受其所是,包括接受无知:

内在的黑暗、一切

财产的丧失和贫乏，

感性的世界的枯涸，

幻想的世界的撤空，

精神的世界的无能。

Internal darkness, deprivation
And destitution of all property,
Desiccation of the world of sense,
Evacuation of the world of fancy,
Inoperancy of the world of spirit.

从宗教象征意义而言，《燃毁的诺顿》的主题是天恩：借助天恩，我们力求发现上帝昭示我们的东西。

　　《东库克》的背景没有《燃毁的诺顿》那样分明，它描写了一个村庄及周围开阔的风景。这里充满了历史，但不是那么文明的历史。它离海洋不远，可以感觉到海风。第一乐章结尾处有对海洋的淡淡暗示；第二乐章结尾处明显有海洋的孤独意象；第五乐章结尾处"海燕翱翔、海龟出没的浩瀚海洋"的意象暗示了最后的解脱和冒险的冲动。这首诗描写了村舍、风景、四季和农事的节奏。用于表达现实的比喻几乎都是事物：冬日的闪电，野草莓，流淌低语的小溪；荒凉孤寂的意象是黑魆魆的森林、荆棘丛和岩石。

与《燃毁的诺顿》一样，《东库克》不是写特定的经验。它是对时间流逝的沉思。人的一生中会感到时间的流逝，这个人"在中间的路上"，在一般意义上的人类命运中。第一乐章的开头是将玛丽女王的座右铭——"在我的结束是我的开始"——进行倒置，变成"在我的开始是我的结束"。这表达的似乎是僵化决定论。借助节奏和重复，第一乐章的第一段就确立了人生和人类历史的循环观。人和人类的生命，人之作品的生命，如同大地上的众生，都呈现出同样的模式：出生、成长、衰败和死亡，周而复始，无穷无尽。这种思想在第三段复现，我们在那里看到村民亡灵围绕篝火起舞。无论亡灵还是生者，都"保持着节奏"。* 在第一个乐章中，与这两处将生命视为节奏、模式和序列的观念不同，还

---

* 用来形容亡灵围绕篝火起舞的诗句，引自托马斯·埃利奥特爵士的《总督》。埃利奥特爵士赞扬舞蹈是一种婚配。艾略特用了古语的拼写，是让读者注意这是引用。在一首写祖先的诗里，艾略特这样拼写当然贴切，但在我看来还是有点故弄风雅。

有两个段落，表达了静止和休息的观念。首先是第二段，是村庄在宁静的炎夏傍晚中沉睡的画面；然后是第四段，巧妙地暗示出寂静沉闷的夏日早晨。循环模式导向了绝望："脚提起又落下"（这是阿加莎用来描写囚禁于时间中的感觉的意象），"吃吃喝喝。粪堆和死亡"。

《东库克》的第二乐章以一个抒情段落开始。它与第一乐章中严格的秩序和宁静形成对比。循环的观念遭到拒绝，同样遭到拒绝的是宁静的观念。季节全部失序；春雷在十一月响起；夏花与春花和冬花争艳；群星中间也有战争，最后是末日景象，世界燃烧殆尽，化成冰碴。但是，艾略特抛弃了浪漫的混乱意象，用极为平淡的诗句陈述个人生命中同样的失序。在这里，我们也没有发现有序的序列、模式或发展。秋日宁静的暗喻用于人是错误的；经验没有带来智慧，老年也没有带来安详。一个人知道时间流逝后就不会重来，循环模式被每个新的时刻篡改。我们总是在黑暗的林中——但丁发现自己人生中途就在黑暗的林中——林中的"那条直路消失"。我们竭力抓住过去，但它从我们手里溜走，现在的黑暗将我们吞噬：

海底下所有的房子全消失了。

山岭下所有的舞蹈者全消失了。

The houses are all gone under the sea.

The dancers are all gone under the hill.

　　《东库克》的第三乐章重拾《燃毁的诺顿》第三乐章的主题,只不过是以不同的方式接近黑暗。它开始于失明参孙的痛哭,但这痛哭很快变成惨淡的胜利。迷失我们的黑暗,也吞噬了世界上卑贱的、琐碎的、可耻的东西,掩盖了无意义的夸张和虚荣。艾略特欢呼黑暗的胜利,正如十七世纪初的作家欢呼死亡夷平一切。读到下面这张没有具名的名单,我们再次想起《燃毁的诺顿》:

船长、商业银行家、卓越的文人,

慷慨的艺术赞助人、政治家、统治者,

政府要员、众多委员会的主席,

工业巨头、小承包商。

> The captains, merchant bankers, eminent men of
>   letters,
> The generous patrons of art, the statemen and the
>   rulers,
> Distinguished civil servants, chairmen of many
>   committees,
> Industrial lords and petty contractors.

但这一次欢迎来到黑暗，却转了一个弯：黑暗受到欢迎，既因为它能遮蔽，也因为它能显明。黑暗中有光明；静止中有运动和舞蹈；沉默中有声音。此处乘客的意象，其用法与前面乐章稍有不同。黑暗"降临"于心灵；它不是我们的追求，但我们接受。在黑暗中等待戏剧场景变化的剧场观众，"在站台之间停留太久"的地铁乘客，半麻醉的病人，全都是被动的意象。他们要做的只是等待。

艾略特置身的写作传统，是一个从基督教时代回到新柏拉图主义时代的传统。新柏拉图主义者将一种获得知识的方法——借助不断地否认错误的东西来发现真理这样一种辩证方法——转变成获得对唯一真理的经验。这种上升或下降进入与现实和谐一致的学说，通过不断抛弃会限制存在观念的那些观念，在暗夜中找到了一个自然的隐喻。暗夜这个隐喻像一柄双刃剑，因为既表达了对自我和所创造的一切的抹煞，也表达了作为沉思对象的没有任何特征的现实。英国十四世纪一个匿名的神秘主义者用这传统写作，他用云作为象征，把书名取为《云一般的无知》。他认为，此生的灵魂必然总是夹在两朵云之间，一朵是下面的遗忘之云，掩盖了众生和诸作，一片是上面的无知之云，"必须用渴望的爱的锐利飞镖才能击穿"。"对于其他生灵和作品，对于上帝的作品，一个人可能借助天恩感知，也可能借助思考感知：但没有人能够通过思考感知上帝。因此，我会放下我能思考感知的所有东西，按照我的喜爱选择我不能思考感知的东西。为什么？上帝只可能用爱去感知，不能用思考去感知。凭借爱，他会感知上帝；凭借思考，你绝不能。""云一般的无知"这个实用说法在《家庭团聚》中出现过，《小吉丁》中有一行诗也直接引用过它。但在《东库克》中，这种否定性说法的巨大悖论出自西班牙十六世纪著名神秘主义者圣十字约翰。第一乐章结尾的那个令人迷惑的段落，几乎是字面解释了《登嘉默罗山》卷首插图中"人像"下的格言。那些格言以略微不同的形式出现在《圣十字约翰作品集》第一卷第 13 章结尾。* 这种故意的平淡结尾引导我们走向用高贵的坚定打动耳朵、用强大的意象震动心灵的第四乐章。

《东库克》的第四乐章也将绝望和胜利联系在一起，但现在，这种联系是在对人之痛苦的沉思之中。如果要有知，就必须一无所知，那么，要活着，就必须先死。比起《燃毁的诺顿》，《东库克》更关注对经验的回应；必须做出回应的经验，是人生的经验，关于失落、剥夺和无家可归的悲剧经验。这个抒情乐章是一首关于爱的诗。爱不是作为历史事件，而是作为永恒行为，在时间中永远运行。这种爱与圣餐相关。诗行凝重的节拍，严格的诗节形式，其中的气氛与悖论，节奏蕴含的悲剧性胜利，使这个乐章让人想起圣经中关于爱的赞美诗：

---

　　* "为了体验万有的快乐，所以渴望虚空的快乐；为了拥有一切，所以渴望一无所有；为了成为一切，所以渴望成为虚无；为了知道一切，所以渴望一无所知；为了得到你不感兴趣的东西，你必须走一条不感兴趣的道；为了得到你不知道的东西，你必须走一条你不知道的道；为了得到你不拥有的东西，你必须走一条你不拥有的道；为了得到脱胎换骨，你必须经历脱胎换骨。"（《圣十字约翰作品集》，埃里森·皮尔斯译，卷一，页62）

拯救吧,拯救受害者,

从荣耀的爱中拯救出来,

把生命从死亡中拯救出来,

死而复生。

Salve ara , salve victima ,

De passionis gloria ,

Qua vita mortem pertulit

Et morte vitam reddidit.

　　《东库克》的第五乐章中,每个时刻都是新时刻,每次结束都是开始,过去活在现在,修订现在,自身也被现在修订,这种感觉首先适用于诗人及其表达。除了对努力的强调,他的情绪似乎离绝望不远。但是,随着节奏的改变,他的情绪也随之而变;努力变成了更近于冒险的东西。其次,这种感觉适合于个体的生命,带有其复杂的模式,无论生者和死者都卷入其中,一个新的意象随即出现:地铁"乘客"让位于"探索者"。这是自由运动的意象,因为探索者能够自由走动,想去哪里就去哪里,随心所欲迷路和寻路,随心所欲出发、回归、再次出发。这首诗结尾是命令,"我们必须是静止的,静止的移动";我们可能穿过"幽黑的寒冷和空洞的荒凉",到一直认为是永恒象征的浩瀚海洋。结尾最为典型地体现了整首诗的特征,既可怕又崇高;它呼吁我们"朝海洋深处进发"。

从字面意义而言,《东库克》的主题是岁月:认识到人生过半,时间越来越快地流逝,与所有的人一样,我们都将死去。这是一首大地之歌:"我们起于尘,归于尘。"从伦理道德意义而言,《东库克》的主题是信仰。它接受了《燃毁的诺顿》中必要的谦卑:

> 我们能希望获得的唯一智慧
> 是谦卑的智慧:谦卑无穷无尽。

> The only wisdom we can hope to acquire
> Is the wisdom of humility: humility is endless.

它还要求把《燃毁的诺顿》中的无知作为信仰。它宣布黑暗是上帝的黑暗,黑暗侍候着上帝。从宗教象征意义而言,《东库克》的主题是忏悔:在黑暗和死亡中,人不孤单;借助黑暗和死亡,上帝和人神秘和解。

《干塞尔维其斯》的背景是新英格兰地区的海边风景;主要意象是岩石和海洋。这是诗人熟悉的童年风景。他在《灰星期三》的结尾用过这种风景。在那里,他是带着乡愁回望,就像回望难以割舍的世界。正如他所有与海洋有关的诗,《干塞尔维其斯》也有很大的自由和权力;在这首诗中,也是第一次在《四个四重奏》里,艾略特在一定意义上为了自己的目的,漂亮而大胆地运用了自然的意象。《干塞尔维其斯》的风景是记忆中的风景,因为它不是写现在,而是写过去,写过去如何在现在,在我们对于过去的意识中,如何通过记忆感知。

《干塞尔维其斯》的第一乐章建立在两个隐喻的对比之上:生命之河和生命之海。河流是用来形容人生的古老隐喻;在这里,河流的流动与从春到冬的季节流动有关,与从出生到死亡的人生有关。河流提醒我们易于忘记的东西:我们受制于自然。自然一度可能遭忽视,但它以灾难和必然的进程展示了力量。"河在我们之中"。我们在脉搏中感觉到河流。这是我们最早的时间观念;借助季节的变化,借助我们自己的成长,这是我们意识到的东西。艾略特也在圣路易斯度过童年,棕色的密西西比河、美国南方的臭椿树,这些意象自然流露于他的笔端。海洋是另一种时间,是历史的时间,是超越历史的时间,是"时间的海洋"。个体朝这生命之海出发,作短暂的航行,作无数类似的一次航行。"海在我们周围"。这是后来才出现的时间观念。我们获得这种观念,不是靠感官,而是靠想象。新英格兰地区长满冷杉的海岸是典型的美国北部风景,沿岸经常看见葡萄牙海员。冷杉和异国船员这些意象来自艾略特的人生中后期。时间翻腾的海洋这个隐喻,拒绝了历史循环观:这是一种生物学的阐释,将连绵不断的河流的节奏感强加于事件之上,每种文化开始都是幼小但有劲,然后成熟,最后衰亡。它也拒绝了进步观念,进步观念在历史中发现了一条上升的成长之道。取而代之的是这种观念:我们只有无意义的永恒流动,没有模式的不断重复,每一次的航程只是一次航程而已,并无增量。但是,通过大海貌似不连贯的动荡,我们的耳朵听到了风潮涌浪的节奏,它不同于我们心跳中听到的河流节奏,它来自海底:

> 还有源自时间开端的海底巨浪
>
> 敲响
>
> 钟声。

And the ground swell, that is and was from the
    beginning,
Clangs
The bell.

在这里,我们想到献给上帝的荣耀颂。借由心底响起
的钟声,我们明白海底巨浪的象征含义。钟声敲响的
是警示和召唤:它要求回应。如同早中晚的鸣钟,它在
召唤祷告,是对神秘化身的纪念;如同献祭仪式上的钟
声,它在召唤崇敬,宣告基督的临在;如同丧钟,它警示
我们的死亡,提醒我们每天都在死去。*

　　《干塞尔维其斯》的第二乐章中前半段的六行诗体

---

　　* 钟声这个象征,我能给出的最好评论,是引用弗朗索瓦·莫里亚克
《上帝与玛蒙》中的一段话,其中他提到历史的宣告和我们个体生命的宣告,
将上帝的召唤和我们灵魂中的自由相联系。"基督耶稣在人间的降生,被至
高无上地载入人类的史册。基督耶稣为了与人类休戚与共,为了与每一个独
特的命运洪流风雨同舟,为了把他的意愿注入这个与其息息相关的命数中,
为了最终破除这个天数,基督耶稣追寻上帝的慈悲,舍生取义。有时遮遮掩
掩地试探芸芸众生,有时故意让其经受千锤百炼之考验,时常苦其筋骨,劳其
心智,然后抛出千载难逢的机遇,让被奴役的普济众生能够最终主宰是非。
拯救灵魂的意图不言而喻,行将执行之际,他深信世界上没有任何一种力量
能让他做小伏低。这个世俗的原罪是人与生俱来的,凡夫俗子在这种力量的
感召之下蓦然醒悟,洗脱罪恶,重获自由。"

部分,是一首关于多种宣告的诗歌。渔人开始危险的航程,驶向"漂满废物"的海洋。借助渔人的隐喻,描写的是个体生命。个体生命的总和构成了历史。意义只存在于有限和永恒的统一,存在于各种宣告:对恐惧和危险等灾难的宣告,对死亡的最终宣告,对历史的宣告。历史之流的唯一终点,是人对于明显体现于时间中的永恒之物的反应。正如在《荒原》中,我们凭借"刹那间大无畏的舍弃"而存在,祷告

> 只是
> 几乎无法祷告的祷告,在圣母领报节。

> the hardly, barely prayable
> Prayer of the one Annunciation.

这种单调的无意义的人生,抛掷的人生,在童贞女玛利亚的话语中找到了目的:"情愿照你的话成就在我身上"。

正如在《四个四重奏》的其他诗里一样,《干塞尔维其诗》的第二乐章中后半段的抒情部分用隐喻和象征

表达的观念逐渐转换成日常经验和话语。过去没有死亡；无论是幸福的宣告（"突然的洞明"），还是痛苦的宣告，都是永恒存在，"就像时间一般的永恒"。它们是我们经验的一部分，反复出现，时间将之保留在记忆中。过去的模式不仅仅是时间先后，也不是发展延续：要是那样，我们可能抛弃过去，转而寻求未来。但我们不会抛弃过去。我们的过去包括了他者的过去，包括了人类的过去。我们的过去活在我们身上，从来没有超越；随着我们理解它的意义，它就像现实一样复活。

《干塞尔维其斯》的第三乐章转向未来。未来只能建立"在真正的过去之上"。正如在《荒原》中，艾略特在这里也引用了东方圣典。他在《薄伽梵歌》中找到了同样的学说，回应一直存在的东西。* 《薄伽梵歌》中

---

* 尽管这与诗歌的宣告主题完全契合，用这些伟大的圣典，见证人对神圣的认识，但有人可能反对说，此时引入克里希纳是一个错误，摧毁了这首诗想象的和谐，因为正是在历史观和时间观中，基督教和印度教完全对立。我想，之所以在此引入《薄伽梵歌》，是因为这首诗包含了艾略特的许多过去，他自然要为对印度形而上学的探究留一席之地。他学习了两年梵文，还有"一年陷入帕坦伽利瑜伽学院的形而上学迷宫"，体验了"启蒙的神秘状态"。我必须承认，这是此段话留给我的感觉。我提出来，仅供猜测。

"阿诸那"关心的是人的行为中固有的罪,克里希纳回答了他的怀疑,坚持认为弃己的必要性。人不必寻找行为的果实;他的活着似乎没有未来,似乎每一刻都是死亡。《新约》有类似的教导,不要在意明天。这在《磐石》一诗中有回声:

> 我说;不问收获,
>
> 只事耕耘,辛勤地耕耘。

> I have said, take no thought of the harvest, but
> only of proper sowing.

在这里,诗人认为未来是业已存在的东西,似乎是我们错失的过去。现在,"乘客"意象再次出现。但他们不再是地铁乘客;他们是空中乘客,长途火车乘客,远航乘客。《四个四重奏》中前面两首诗的压力顿然消失。首先是在火车上,然后在大海上,乘客走得很远,携带着他们的过去,也携带着他们的未来。他们真的是在两个人生之间;但若把时间严格划分为过去、现在和未来,就是分裂自我,分裂人格:

你不是那过去离开车站的

或将来在任何终点站到达的同一个人。

You are not the same people who left that station

Or who will arrive at any terminus.

人格只有在现在，在我们现在所是中才有意义。我们真正
的目的地是此地；我们去的地方就是我们现在的地方。*

《干塞尔维其斯》的第四乐章是对"夫人"的祈祷，其
温柔、庄重和贴切，证明了这首诗中思想和象征的统一。
在一首关于海洋的诗中，向她祈祷是应该的，因为她是"海
星圣母"，渔夫和渔妇都会向她祈祷。在这首诗的抒情高
潮部分，她也以上帝侍女的面目出现，对天使的信息做出

---

　　*　值得注意的是，《干塞尔维其斯》中这几行诗，"但这件事是肯定
的，／时间不是治疗者：病人不再在这里"，让人想起在反用帕斯卡尔的
话，"时间治好了忧伤和争执，因为我们在变化，我们不会再是同一个人。
无论是侵犯者或是被侵犯者都不会再是他自己"。(《思想录》，卷二，
第 122 条)在稍早前(《思想录》，卷二，第 88 条)，帕斯卡尔断言人格的
不变："凡是由于进步而完美化的东西，也可以由于进步而消灭。凡是曾
经脆弱的东西，永远不可能绝对坚强。完美尽可以说：'他长成人了，他
已经变了'；但他还是那同一个人。"

强烈的回应；她也以欢乐的圣母身份出现,基督的诞生赋予了时间以意义；她还以悲伤的圣母身份出现,因为这是一首伤心之诗。第四乐章重拾了第二乐章前半段美丽而忧伤的六行诗体部分的主题；它让人想起危险的海程、"漂满废物"的海洋,最重要的是想起

> 海洋永恒的
> 奉告祈祷钟声。

> the sound of the seal-bell's
> Perpetual angelus.

《干塞尔维其斯》的第五乐章以一个关于人对过去和未来的态度的主题段落开始,为了寻求舒适和指引,人们觊觎这些态度。像第一乐章中"焦虑不安的妇女",人们害怕未来,为了得到对未来的保证,他们求助于算命和星象,或者求助于过去,用来解释现在:

> 人们的好奇心搜索过去和未来,
> 要紧攥着那方面内容。

Men's curiosity searches past and future
And clings to that dimension.

圣徒的职责就是反对搜索过去和未来,努力理解

非时间性的与时间性的
交叉点。

The point of intersection of the timeless
With time.

对于不是圣徒的凡人来说,还是有许多洞明的时刻:"只有暗示和猜测,紧随着暗示的猜测",在此之上,他发现了自己的生活,"祷告、遵守、纪律、思想和行为"。这些永恒之物保存于记忆,成果丰硕,超越了最初感知它们的时刻。在理解它们的过程中,我们发现了自由,摆脱了过去和未来的暴政,不再觉得自己是自然力量无助的牺牲品。因为这种内在的自由,我们能够接受我们有限的人生,接受与自然的纽带,接收"有限的反转",必须回到"粪堆和死亡"。在"半猜到的暗示,半理解的礼物"中,我们不但找到

了生命的意义,而且找到了历史的目的。因此,时间得以救赎,时间不再是敌人;因为世界在时间中创造,上帝在时间中显现于道成肉身,正如布莱克在《天堂和地狱的婚礼》中声称,"永恒爱上了时间之子"。

从字面意义而言,《干塞尔维其斯》的主题也不是特定的经验,而是我们称之为过去的经验总和:我们自己的过去和人类的过去,换言之即历史。不像《四个四重奏》中其他的诗,《干塞尔维其斯》的第三乐章中没有分段,没有主题的转变,只有语气的变化。尽管这首诗主要谈论的是过去,但这里的主题变成了未来;只不过这是现在感知的未来,正如现在感知到过去。从伦理道德意义上讲,《干塞尔维其斯》的主题是希望,这在第三乐章语气的变化中明显可见。这种希望不是希望未来与过去不同,不是希望我们逃离自己,在未来有所不同。这是一个现在的希望:我们希望得到召唤。正如克拉肖在反击考利时捍卫的高贵美德:

真正的希望是一个光荣的女猎人,
她在天恩的大地上追逐自然之神。

True Hope's a glorious Huntress, and her chase
The God of Nature in the field of Grace.

这种希望给世界带来新生,让诗人感觉到自然世界是充满天恩的大地。从宗教象征意义而言,《干塞尔维其斯》的主题是道成肉身,通过道成肉身,时间与永恒结为一体。这首诗里所有的宣告,通过圣母的领报,都产生了效力。

《干塞尔维其斯》里充满了无名之人,比如,"永远在舀水、出发、拖运"的渔夫,"睁眼躺卧的焦虑妇女",准备出发的乘客。与之不同,《小吉丁》中充满了特定的个体命运。这首诗的场景有历史的意义而非个人的意义,时间和地点有明确的限定。这是"一个冬日下午,光线渐渐暗淡,在一座僻静的教堂里"。这首诗记录了诗人一次特意的造访,"你来这里是要跪下,这里,祷告始终见效"。我们关心的不是艾略特前期诗歌中的"暗示和猜测",而是"祷告、遵守、纪律、思想和行动"的生活。人的行动,特别是政治行动,在所有那种经验的领域,我们最能意识到我们的自由,它们都是沉思的对象,是完成的东西,而非受罪和忍耐的东西。罪的意识在这首诗里第一次出现,它不是《东库克》中灵魂的疾病,而是真正的罪:"事情做得不好,以及做得有损别人的感觉。"

作为标题的地名是一个有历史意义的地方,人们都是带着目的前来造访。它不是费拉家族的祖屋,而是费拉老夫人买下来的一处宅邸。一六二五年,伦敦大瘟疫爆发时,费拉家族就隐居于此。一六二六年,尼古拉斯·费拉"终于下了决心,追求梦寐以求的东西和生活方式。在圣灵降临节前一周,他开始闭关隐修,据说他采取了节食,只是偶尔进食和睡眠。圣灵降临节前夜,他在书房一夜未睡"。在圣三主日,他跟随老师去见坎特伯雷大主教威廉·劳德。劳德任命他为助祭,但他拒绝继续担任神职。他回到小吉丁,把财富散与族人,过着虔诚有序的生活,乐善好施。亨廷顿郡的这个偏僻村庄因之名扬英国。肖特豪斯的小说《约翰·因格桑特》对这个村子的生活有精彩描写。这是一部异常美丽、感情真挚的小说,从中可以找到许多东西,有助于理解艾略特这首诗歌。查理一世在一六三三年造访过这个村子。一六四二年爆发内战时,他再次前来。据说,他是连夜逃来避难。这个"破落的国王"在拿斯比战役惨败后,在此避难了一夜,接着仓皇北上,投奔苏格兰。因此,这个村子又是一个失败之地。一六四七年,整个教区四分五裂,村中教堂遭毁,尽管十九世纪教堂修复后香火延续,但费拉以基督家庭为基础建立宗教社群的理想在英国国教中再没有复兴。"小吉丁"成为"一个在死亡中得到完善的象征"。

《小吉丁》的第一乐章有三段,其间过渡并不突然,第三段相当于第二段的复述或略微发展,开头用了同样的话,但结尾回到了第一段的"火"意象。第一段形象地描述了"冬天一半时分的春天",这个季节"在时间中暂停",正值"严霜和火焰","雪花绽放"。它充满了某种被给予的、没有约定的、神奇之物的感觉。第二段强调了人的目的。它宣布,在任何时候或任何季节,这都是一个命运之地,在这里,人们前来的目的已改变。第三段为我们提供了诗人来的特定目的,也就是祈祷,提到了死者的思想,"死者用火焰的舌头沟通,超越生者的语言"。这个地方既是英格兰,也不是英格兰;这是一个在某一时刻我们会刻意到来的地方;这是一个我们发现身处时空之外的地方。

《小吉丁》的第二乐章开头是一首漂亮的抒情诗,

描写腐朽、分解和死亡，让人想起艾略特前期诗歌的意象。"燃尽的玫瑰"和"悬在半空中的尘土"的意象来自《燃毁的诺顿》，"墙、护壁板还有耗子"的意象来自《东库克》，"死水和死沙"的意象来自《干塞尔维其斯》。"火""土""水"和"气"四大元素的象征贯穿了《四个四重奏》。它们在这里得到最充分的表达。这首抒情诗的效果呈渐进式；人的感情和激情散入空气，人的努力化成尘土；人的精神丰碑在水火的侵蚀下腐烂。生命就是四大元素的神秘统一。生命分解成四大元素，它最令人沉痛的象征体现在最后这个意象：污水横流的"圣坛和唱诗班"的遗迹。

　　"希望和绝望的死亡"和"劳作的徒劳"的主题也潜藏在随后的口语体诗歌部分。在《四个四重奏》的前面三首诗中，这部分是沉思，但在《小吉丁》这里，为了与历史主题保持一致，我们看到一段插曲；描写的是时间中的特定时刻。时间是在黎明前，在德国最后一架轰炸机飞走和空袭警报声尚未解除之间。地点是伦敦街头。这里不是诗人的沉思。取而代之的是，我们与"某个逝去的大师"的对话，与一个"关注语言"的人对话。这个"大师"在他的时代有他自己的"思想和理论"。这种背景和风格,尤其是格律,立刻让人想起《神曲》。这个陌生人有着"晒成棕色的容貌",如同《地狱篇》第15章中的布鲁内托·拉蒂尼。他在结束谈话时提到了《炼狱》中"净化的火"。他对人事代谢的忧伤感怀"上个季节的水果已给吃完",让人想起《炼狱篇》第11章中奥德里希的话。尽管《神曲》中充满了类似的交谈,尽管这里有对但丁用过的意象和对但丁作品的影射,但我们还是不会把这个"熟悉的混合鬼魂的眼睛"等同于但丁或某个其他诗人。这个鬼魂是"一和多";他"既亲密无间,又难以区分";他提到历代诗人的经验;他挪用了马拉美的一行诗歌 *,似乎让人想起维吉尔的一句名言,这种做法看起来与其说是暗示自我认同,倒不如说是自我隐身。不过,这番话的语气和一些用语倒让人想起伟大的英国诗人弥尔顿,尤其是《失乐园》结尾的弥尔顿,《复乐园》和《斗士参孙》中的弥尔顿。当我们听到"让我打开为老年保留的礼品"时,我们想起弥

---

　　* "给一个部落的词更确切的意义"。(《爱伦·坡之墓》)我认为,这一行"那时我将躯体留在一个遥远的海岸"是在委婉地写死亡,其中,"遥远的海岸"出自维吉尔。

尔顿笔下忧伤的老年：

> 你必须
> 比你的青春、力量和美丽都活得久，它们
> 会变得脆弱而苍白；到时，你感觉
> 会迟钝，你拥有的一切快乐
> 都会失去。

> Thou must outlive
> Thy youth, thy strength, thy beauty, which will change
> To withered weak and gray; thy senses then
> Obtuse, all taste of pleasure must forgoe,
> To what thou hast.

《小吉丁》中这番对话的结尾有着弥尔顿的回声，挥之不去。一六四四年，自信的弥尔顿写道："我不会赞美一种逃避的、幽闭的、未经实践的、未能普及的美德。"在考虑到政治行动的《复乐园》中，在"耐心是圣徒的修炼"的《斗士参孙》中，弥尔顿的口吻已大不同，而是饱受怀疑的困扰。弥尔顿后期诗歌传递出人的痛苦，他所谓的"光荣不过是名誉的火焰"透露出的讥讽，他精

神的耐心,似乎都暗示于满目疮痍的伦敦街头的这番
对话:

　　　　　当肉体和灵魂开始分离,
　　　首先,呼吸感的冷摩擦
　　　　　没有魅力,不提供希望
　　　　　除了痛苦无味的幻果。
　　　其次是对愚昧的人类有意识的
　　　　　无能的愤怒,和对不再让人
　　　　　快乐之物撕裂般的嘲笑。
　　　最后是重新做你做过的一切
　　　　　重新做人的撕心裂肺的痛苦;
　　　　　是对于迟来醒悟的动机的羞愧,是
　　　事情做得不好,做得有损别人的感觉
　　　　　你做那些事情,一度认为是在施行美德,
　　　　　不过是愚人首肯的激励,荣耀的污点。

First, the cold friction of expiring sense
Without enchantment, offering no promise
But bitter tastelessness of shadow fruit

As body and soul begin to fall asunder.

Second, the conscious impotence of rage

Athuman folly, and the laceration

Of laughter at what cease to amuse.

And last, the rending pain of re-enactment

Of all that you have done, and been; the shame

Of motives late revealed, and the awareness

Of things ill done and done to others' harm

Which once you took for exercise of virtue.

Then fools' approval stings, and honor stains.

艾略特说，他很讨厌弥尔顿，但实际上在《小吉丁》中，他却经常念及弥尔顿。这种影射在第三乐章中尤其明显，除了想起死在断头台上的斯特拉福德、劳德和查理一世，艾略特还想到"另一个人，他死时，失明但是安宁"。＊尽管这些诗句不是引用弥尔顿，但重复的那一句"一切都将变好"，还是让我们想起弥尔顿最后一部

＊ 弥尔顿的第一个传记作者写道："他死于痛风，但他没有呻吟哀号，他咽气时，就连房间里的人也没有意识到。尽管他早就饱受痛风的困扰，手指关节都因痛风变硬，但人们没有看到他因此而变得不耐烦。"尽管在我看来，这里最重要的是在影射弥尔顿，艾略特的心里可能也想到最近死于"域外"的乔伊斯。

作品《斗士参孙》结尾处的合唱：

> 一切都是最好的,我们虽常怀疑,
>
> 最高智慧莫测,天道高深
>
> 到底带来什么东西,
>
> 可是总发现结果美妙。

> All is best, though we oft doubt,
>
> What th'unsearchable dispose
>
> Of highest wisdom brings about,
>
> And ever best found in the close.

在《小吉丁》沉郁的第二乐章之后,第三乐章以自信的语调和欢快的节奏开场。灌木丛的比喻让人想起第一乐章中的美丽意象。由此,我们感觉到人的改变是自然现象,从依恋到脱离,是万物的正常过程。在这两个"不能开花"的状态之间,是斯多葛派或诺斯替派光明会的超然,是那些从来没有感觉到爱的人,渴望摆脱欲望的虚假自由。这些对我们个体生活的模式反思,让位于对历史模式的反思。我们感觉到人们"在那场分裂他们的斗争中"统一。在《小吉丁》第三乐章的转折处，在该乐章的结尾，在其整首诗的结尾，也是《四个四重奏》的结尾，艾略特都引用了来自神秘主义者朱利安的话，总结了这首诗的发现。*

据说，朱利安是中世纪英国最伟大的神秘主义者。一三七三年，她接受了十六次"神启"。十五年后，她写下了自己的体验，做了增补和解释。她得到的"神启"是十字架上的耶稣告诉她的关于爱和语言的启示。在她获得的第十三次启示中，她对由无限的善的上帝创造的这个世界中原罪的根源而困扰，她听到的启示是这样说的，"罪是必要的，但一切都将变好，一切都将变好，还有所有的事物都将变好"。在她获得的第十四次关于祈祷的启示中，她听到这样的声音："我是你们恳求的大地"。正如她告诉我们，十五年来，她一直在沉

---

* 不管是否意识到，艾略特运用朱利安的话十分贴切，因为这个英国中世纪的神秘主义者在十七世纪深受爱戴，尤其是受那些"在域外默默无闻死去"的人——流亡的浪漫主义者——的爱戴。朱利安的作品在一六七〇年印制了一个现代版，监制人是克雷西。克雷西当过牛津大学默顿学院的院士、福克兰教堂的牧师，后来入了杜埃的本笃会。在小说《约翰·因格桑特》中，克雷西在故事里一个动人的时刻出场，呼吁因格桑特要过修道院生活。

思她听到和看见的启示的意义,她最终获得了应答:"在这件事情上,你会明白上帝的意思吗?好好记住:他的意思就是爱。谁给你启示?爱。他显示了什么?爱。他为什么向你显示?为了爱。你现在把握住,你将来还会学到和明白许多同样的东西。你不会学到和明白其他类似绵绵不绝的东西。"

爱,正是《小吉丁》中抒情性的第四乐章的主题。这首诗中点燃和闪光的火焰在这里爆发,昭告它们的本质。人类情不自禁地爱;人要在自我之爱的火焰和上帝之爱的火焰之间做选择。威廉·劳写道:"我们灵魂的无序的黑暗火焰,既是地狱的基石,也可以成为天堂的基石。因为当灵魂的这种火焰和力量洒上了耶稣之血,这种黑暗的火焰就变成了光明的火焰,它的力量变成了胜利之爱的力量,在围绕上帝宝座周围的那些爱的火焰之中就有了一席之地。"正如《东库克》中的这个时刻,出现了一首关于永恒之爱的抒情诗,《小吉丁》这里也在庆祝永远的圣灵降临,鸽子口中含着焰火不断俯冲而来。

《小吉丁》的第五乐章沉着自信,《四个四重奏》在这里达到了高潮。将这一乐章分成两个段落的这一行诗：

> 以这种爱的描绘和这种感召的声音，

> With the drawing of this Love and the voice of
>   this Calling,

出自《云一般的无知》的第二部分。它表明了"玫瑰园中的时刻"、海底巨浪传来的钟声以及与那个"大师"对话的意义。历史是圣灵活动的场域；历史是一个"无始无终之时刻的图案"。这个历史时刻，这个选择的时刻，总是在这里。我们再次回到《燃毁的诺顿》结尾处的花园，穿过第一道门进入我们的第一个世界，听到孩子在苹果树下嬉戏。在爱的意义上，努力和探索都已忘记；人生就是发现已知的爱，起点就是终点。当一切都聚于爱，当象征着自然之美和自然之爱的玫瑰与火焰——万物得以产生的爱之火焰——合二为一时，一切都将变好。《小吉丁》是一首关于火的诗歌，火对自爱之人是折磨，对忏悔者是净化，对受祝福者是狂喜。在这首诗结尾，必朽的生命和不朽的生命都统一在天堂玫瑰这个象征复活的意象之中。朱利安在其作品结尾时说："可以肯定，我完全知道，上帝创造了我们，他爱我们；他的爱没有枯竭过，也不会枯竭。他用这种爱做了一切；我们在他的爱中得到永生。我们的探索有开始；但他创造我们的爱，在他那里无始无终；在他的爱中，我们有我们的开始。我们将知道，所有这一切在上帝那里都无始无终。"

从字面意义而言，《小吉丁》的主题是写一个冬日下午去参观当地的教堂，目的是在一个其他祈祷者觉得灵验的神圣地方做祈祷。泛言之，它字面意义的主题是一切有目的的行为。其目的

> 超越了你计算的终点，
> 在完成时刻就已改变。

> beyond the end you figured
> And is altered in fulfilment

从伦理道德意义而言，《小吉丁》的主题是爱。爱是"安宁的纽带，美德的纽带；没有爱这根纽带，无论谁活着，

他也会被认为是死人"：

> 爱的扩张，
> 超越了欲望的疆域。

> expanding
> Of love beyond desire.

从宗教象征意义而言，《小吉丁》的主题是圣灵，来自升天的耶稣的礼物。

读完《小吉丁》后，我们看见《四个四重奏》的总主题浮现。从字面意义而言，《四个四重奏》的主题是意识，这是活在时间中的人用以超越时间、站在时间过程之外的一种能力：

> 意识，就是对时间的超越。

> To be conscious is not to be in time.

从伦理道德意义而言，《四个四重奏》的主题是爱，包含了所有其他美德的爱。从宗教象征意义而言,《四个四重奏》的主题也是爱,"爱既是给予者,也是礼物"。*因为整首诗中的意识逐渐变成了过去在现在中的意识,最终变成了历史的意识,随着整首诗的进程,这个主题逐渐用历史上的基督教语言表达。因此,我们最后可以总结说,从宗教象征意义而言,无论单独来看《四个四重奏》的每一首诗,还是将之当成一整首诗来看,其主题都是基督、阿尔法和奥米伽,开始和终结,我们信仰的创造者和终结者。

艾略特喜欢想象。他前期的诗歌主要表现华兹华斯所谓的"想象的贫乏"。的确,他的前期诗歌可能受到指责,正如玛丽指责哈里,迷恋仇恨,而非像其他人一样迷恋爱。每个真正诗人的努力是把自己的经验统一起来,每个伟大诗人的成长是把他能调动的经验投入诗歌。艾略特不可能写出《四个四重奏》,如果他前期没有写出《艾略特先生的星期日早晨礼拜》,在那首

---

* 这句话引自沃尔特·希尔顿《完美的天平》第二卷。尽管没有罗尔的热烈抒情,没有《云一般的无知》作者的哲思天赋,没有朱利安一样的神学洞见,希尔顿却有深邃的智慧,使得他这本"神圣之书比黄金还宝贵"。《小吉丁》的气质在我看来很接近《完美的天平》第二卷。

诗里,信仰、希望和爱要借助对立面才能理解。但隐藏于《空心人》和《灰星期三》之后的那种经验促使他思考另一种想象:"想象光芒、光荣和美梦"。感到这些东西缺失,是他前期诗歌的主题。随着生活的恐怖感——某种比生活的单调感更可怕的东西——日渐加深,这个问题更加迫切。问题不在于我们为何孤寂,而在于我们过去为何快乐。或者,为什么我们一直期待快乐?我们的痛苦不是幻觉;我们的快乐,无论多么短暂,难道不也同样是真的? 在《荒原》之后,艾略特的诗歌变成努力从他的全部经验中找寻意义,努力涵盖他知道的全部意义。为此,他进入自身,找到了他自己的音乐和语言。

英国诗歌中喜欢想象的诗人特别多,如兰格伦、沃恩、特拉赫恩、斯马特、布莱克和华兹华斯。但这些不是我们想到艾略特时会联想起的诗人。尽管与他们一样,艾略特能够表现"存在的未知模式",但在对待诗人使命的态度上,艾略特与他们不同。在英国诗人中,他最卓越的地方是在想象的权利和艺术的权利之间保持平衡。在他的诗歌中,他首要的身份不是先知,也不是梦想家,而是一个诗人,一个伟大的"创造者"。读完

《四个四重奏》，我们最终的印象，不是想到"有这种想象的人，生命如何短暂"，不是想到这种想象，而是想到这首诗歌，它是如此美丽，令人满意，自成体系，完整自足。在这方面，他的老师不是某个英国诗人，而是欧洲最有想象力的诗人但丁。尽管从长度和深度而言，我们不能拿《四个四重奏》来与《神曲》比较，但在某种意义上，将艾略特与但丁相提并论，并非不合适。艾略特也找到了一种新的"甜蜜风格"，他可以借用但丁的话来解释这种风格的起源：

> 我也算是这样一个人，
>
> 当爱在我体内吐纳，
>
> 我就按照所说的记录下来。

> Io mi son un che, quando
>
> amor mi spira, noto, ed a quell modo
>
> che ditta dentro, vo significando.

索　引

图书在版编目(CIP)数据

T. S.艾略特的艺术 / (英)海伦·加德纳著;李小均译. —
桂林:广西师范大学出版社,2021.9(2023.10 重印)

(文学纪念碑)

ISBN 978 - 7 - 5598 - 3971 - 8

Ⅰ.①T… Ⅱ.①海… ②李… Ⅲ.①艾略特(Eliot, Thomas
Stearns 1888 - 1965) - 文学研究 Ⅳ.①I561.065

中国版本图书馆 CIP 数据核字(2021)第 124992 号

出 品 人:刘广汉 　　　　策　　划:魏　东
责任编辑:魏　东 　　　　装帧设计:赵　瑾

广西师范大学出版社出版发行

(广西桂林市五里店路 9 号　　　邮政编码:541004)
(网址:http://www.bbtpress.com)

出版人:黄轩庄

全国新华书店经销

销售热线:021 - 65200318　021 - 31260822 - 898

山东韵杰文化科技有限公司印刷

(山东省淄博市桓台县桓台大道西首　邮政编码:256401)

开本:787 mm × 1 092 mm　　1/32

印张:11.5 　　　　　　　字数:150 千字

2021 年 9 月第 1 版 　　　2023 年 10 月第 2 次印刷

定价:68.00 元

如发现印装质量问题,影响阅读,请与出版社发行部门联系调换。